MISTRAL NOIR

www.leoscheer.com

BERNARD ALTEYRAC

MISTRAL NOIR

Polar

Éditions Léo Scheer

Pour Alaïs

Gambette

Vendredi 1er août 1975

Le mort, c'est Gambette qui l'a vu le premier. D'abord comme une ombre trop noire sous les branches des chênes, peut-être un animal tapi. Il a ralenti son pas et puis d'ombre c'est devenu un homme, un homme immobile, endormi, mais est-ce qu'on dort ainsi face contre terre ? Gambette s'est immobilisé à distance, plissant les yeux pour mieux voir, reniflant comme un sanglier, puis il a fini par s'approcher assez pour voir les traces de terre rougeâtre que les gouttes de pluie de la semaine passée avaient laissées sur le tissu du costume, une pluie comme il en vient l'été, qui posent un voile de poussière sur les voitures sans même parvenir à mouiller le sol. Alors il a compris que l'homme était mort. Après ça bien sûr, sa première idée a été de foutre le camp, et vite encore, de laisser la découverte à d'autres, parce qu'il allait falloir expliquer ce qu'il faisait, lui, Gambette, dans la truffière de Bressier, même au milieu de l'été, à quatre mois de la saison. Ici personne ne plaisante avec les truffes et Bressier encore moins que les autres, lui qui ne laisse pas passer une semaine sans venir regarder pousser ses chênes, et qui sait comme tout le monde que seul Gambette est capable de trouver les truffes sans cochon ni chien, rien qu'en observant le vol de la mouche. Et ça, c'est de l'art. D'abord, repérer le chêne ou le noisetier avec sous la ramure un disque d'herbe comme brûlée, c'est le signe que la truffe se cache dessous, et puis repérer la mouche, pas n'importe laquelle, c'est là qu'il faut avoir l'œil. Parce qu'elle n'est pas grosse. Pas comme ces insolentes cuirassées de vert qui sont là dans la seconde où tu poses culotte derrière un buisson comme si elles attendaient ça depuis le début du monde, ou bien ces autres qui se tiennent immobiles, vibrant dans les rayons de soleil, et qui parfois se lancent dans des arabesques que le regard arrive à peine à saisir avant de revenir se figer à leur place, clouées en plein vol par le trait de lumière. Et celles-là qui s'affairaient, grasses, lourdes et noires, autour du corps étendu, depuis quand attendaient-elles pour festoyer qu'on leur laisse un mort à pourrir sous les chênes ?

C'est vrai que Gambette en connaît un rayon. Sur les mouches, pas sur les morts. Non que celui-là soit le premier qu'il rencontre. Il se souvient qu'un jour lointain – il était encore en culottes courtes mais on avait déjà renoncé à lui infliger le carcan de l'école – on l'a poussé par les épaules dans une chambre. Les volets étaient fermés en plein milieu du jour. Il y avait des meubles noirs qui sentaient la cire et un crucifix noir au mur avec une branche d'olivier toute sèche et grise de poussière et dessous un lit où un grand vieux type à la figure de cire, habillé en dimanche celui-là aussi, était allongé les mains sur le ventre entre deux grandes bougies allumées. « Dis adieu à ton père, Félix » ils disaient. Il aurait d'abord fallu qu'il lui dise bonjour, celui-là, à lui Félix, quand il le croisait, au lieu de tourner la tête de l'autre côté.

C'est vrai aussi que l'autre mort, dans la truffière, il n'est pas allé le regarder sous le nez. D'après les gouttes de pluie, ça faisait au moins huit jours qu'il était là, en train de faire consciencieusement son travail de mort de retourner dans la terre, et même si l'odeur était encore discrète, Gambette la reconnaissait bien pour l'avoir flairée dans les taillis où les bêtes mal tuées se terrent pour mourir.

Alors Gambette s'est dit : « Tant pis pour les truffes » – qui penserait encore aux truffes avec la nouvelle d'un homme mort dans la colline ? – et il est descendu au village en courant. Il a du souffle Gambette malgré le mélange de mégots et de tabac gris qu'il fourre dans sa pipe et qu'il fume du matin au soir. Cinquante kilomètres dans la journée, ça ne lui fait pas peur, il les fait sans s'en apercevoir. On le croise sur tous les chemins, on le dépasse au bord des routes, son feutre noir de gangster ou d'agent secret brûlé par le soleil, bien enfoncé sur la tête, son veston râpé boutonné de tous ses boutons même par temps de canicule, marchant du pas d'un homme pressé, du pas d'un homme résolu à une action d'éclat, tendu par une pensée unique qui sort de lui en perpétuel marmonnement comme le panache de fumée de sa pipe.

Sans quitter tout à fait le mort des yeux, en marchant de côté comme un crabe, parce qu'il avait quand même un peu peur de cette chose qui n'était pas vraiment quelqu'un mais quand même, il s'est avancé jusqu'à l'épaule du plateau, d'où la vue s'étend jusqu'à Sainte-Victoire et encore plus loin au-delà, jusqu'à des collines inconnues qui n'ont pas plus de réalité pour lui que les cratères de la Lune. Il a contemplé un moment les maisons de Fontfrède, posées en escalier sur les deux versants du village qui se regardent en chiens de faïence et il s'est mis à courir.

Quand il est arrivé devant le bar, il était à peine essoufflé. Tout le temps qu'il dévalait les deux kilomètres du raccourci qui mène au village, à travers le dédale des combes à sec, brûlées par le soleil d'août, il s'était rejoué son entrée, avec la nouvelle qui allait exploser comme une bombe, avec lui, Gambette,

au milieu, en héros du jour. Un mort, un mort tout seul, dans la truffière à Bressier, son mort à lui.
Il a cligné des yeux quand il est passé du plein soleil à la pénombre fraîche de la salle, dans l'odeur de cave, de Gauloises et d'anisette. Trop tôt pour l'affluence de l'apéro, seulement les éternels habitués de l'après-midi, quatre vieux qui tapaient une contrée paresseuse, et l'épaisse silhouette d'Aumand accoudé à son bar, somnolant sur la page du foot. Le juke-box débranché dormait. La télé sur son étagère dans le coin était allumée, sans le son. On voyait une blonde très blonde au bord d'une piscine très bleue. Ses lèvres fardées qui bougeaient. Les couleurs bavaient un peu.
Le silence était plat, à peine troublé par les annonces placides des joueurs. Cent cœur. Cent dix pique. Chacun a lancé un regard à Gambette, mais personne ne s'est hasardé à lui parler. Il est resté là, les bras ballants, sa pipe éteinte au bec, fasciné par le ballet des petites figures coloriées qui s'empilaient, disparaissaient puis s'empilaient à nouveau sur le tapis vert usé, oubliant un moment pourquoi il était venu. Et puis il s'est rappelé les mouches, l'odeur, et il a lâché, de sa voix rugueuse :
— Là-haut, au Pas de l'Âne, chez Bressier. Y a un mort.
Les quatre ont levé le nez, et Aumand aussi. Ce n'est pas tous les jours que Gambette tient un aussi long discours. Et quand il parle, d'habitude, c'est à lui-même ou au double invisible qui marche à ses côtés. Enfin quelqu'un a demandé :
— Un mort ? Qui c'est qui est mort ?
— Un mort, c'est tout. Il est par terre. Il pue.
Ces quatre-là, ce sont des paysans, pas des gens qu'on fait sauter en l'air en claquant des doigts. Aumand encore moins, lui qui connaît le monde pour avoir parcouru le département pendant dix ans en vendant des apéritifs. Alors ils se sont regardés, ils ont réfléchi un peu et puis ils se sont mis à

questionner tous en même temps Gambette qui a serré ses fortes dents sur le tuyau de sa pipe, et s'est employé à la rallumer à l'aide d'un briquet à essence qui fumait noir. Ce qu'il avait à dire, il l'avait dit.

Aucun des présents ne voulait être le premier à se précipiter dans la colline et risquer le ridicule d'avoir ajouté foi aux paroles de l'innocent. Ils se sont mis à se concerter comme si Gambette n'avait pas été là dans la pièce, à tirer sur sa pipe qui empestait. Les quatre vieux toujours assis à table avec leur main de cartes retournée devant eux, et Aumand derrière son bar.

— Et tu le crois, toi, qu'il a vu quelque chose ?

— Ma foi, pour voir des choses, il en voit. Tu l'as jamais vu au coin d'une vigne en train de se disputer avec une souche ?

— Et toi, Nicolas, tu es cousin avec lui, non ? Qu'est-ce que tu en dis ?

— Oh, cousin, cousin, on est pas tous cousins ici ? En tout cas, moi j'ai toujours dit qu'il était moins fada que ce qu'il veut bien laisser croire. C'est pas lui qui a la belle vie, toujours à se promener, pas de femme, pas d'enfants, tranquille comme Baptiste ?

Aumand, de derrière son comptoir, est intervenu avec l'autorité que lui donnait son statut de limonadier et d'homme d'expérience.

— Moi je crois que s'il dit qu'il y a un mort, c'est qu'il a vu quelque chose. On devrait monter voir.

— Tu es sûr que c'est pas une bête ? a insisté celui qu'on surnomme Fernandel, en se tournant vers Gambette. Il parlait d'une voix forte, comme pour se faire entendre de l'autre côté d'un mur. Un sanglier, un chevreuil, un renard empoisonné ? Mais l'autre secouait la tête à chaque proposition comme un mulet accablé de mouches.

— Dis, les sangliers, ils mettent des costumes ? a-t-il enfin lâché, avec dans ses petits yeux noirs comme le début d'un rire.
Les cinq autres se sont regardés. Si Gambette se met à blaguer, ça doit être grave. Alors ils se sont décidés à appeler le maire, à tout hasard, et aussi les gendarmes à Pallières. C'est Aumand qui a passé les coups de fil. Le maire a été long à convaincre qu'on pouvait se fier au récit de Gambette, mais les gendarmes ont dit qu'ils envoyaient quelqu'un.
Entre-temps la nouvelle s'est mise à courir et le petit groupe a commencé à grossir sur la terrasse du café, sous la vigne vierge. Une expédition s'est organisée. Astier, le maire, n'était pas chaud pour risquer sa DS sur la piste défoncée qui mène au Pas de l'Âne. Il est monté dans le tout-terrain d'Aumand qui avait confié le bar à sa mère. Gambette a embarqué derrière, sur le plateau, avec les fûts à bière vides et la caisse des chiens vissée au plancher pour la chasse au sanglier. Roman voulait passer chez lui prendre son fusil mais quelqu'un lui a fait remarquer que si vraiment il y avait un mort il ne le tuerait pas une deuxième fois. Ça a fait rigoler les types et la tension a un peu diminué, parce que depuis que le maire était au milieu du groupe, avec sa rosette à la boutonnière et son air de toujours savoir ce qu'il y a à faire, ce mort commençait à entrer dans la réalité, à prendre de l'épaisseur. Chacun faisait dans sa tête le compte des siens.
Ceux qui n'ont pas pu monter dans le tout-terrain se sont entassés dans la 2CV de Nicolas. Gambette se tenait debout, cramponné à la rampe de phares boulonnée sur le toit de la cabine, les jambes écartées dans son pantalon de velours roussi pour résister au roulis, le chapeau enfoncé jusqu'aux yeux, le brûle-gueule au vent. On aurait dit un marin à la vigie.

Giraud

Ils sont arrivés après les pompiers, cette fois. L'ambulance rouge était déjà sur place, le conducteur extrait de l'épave et sanglé sur le brancard. Giraud préfère ça, et de loin, ne pas être le premier sur les lieux du drame, comme on dit à la télé, même s'il n'est pas du genre à traîner en route exprès. Les blessés qui gémissent ou qui supplient, les corps qui saignent, jamais il n'a pu s'y habituer vraiment, même s'il joue comme les autres le jeu des blagues macabres, pour se protéger. Cette fois, c'est un accident presque tranquille. Une route départementale pas très fréquentée, une ligne droite, peu de sang et surtout aucun risque de voir les voitures des badauds s'encastrer les unes dans les autres comme ça arrive trop souvent. C'est un paysan qui passait par là sur son tracteur qui a donné l'alerte depuis le hameau des Roures, à deux kilomètres de là. Il s'en sortirait, le type, peut-être pas avec ses deux jambes de la même longueur, mais vivant en tout cas. Mais au lieu de bénir sa chance, il pleurait sur le brancard, pendant que les pompiers le trimbalaient jusqu'à l'ambulance. Pas pour sa jambe, ça, à cause de la morphine, ou du pastis, il ne savait pas encore ou alors c'était moins important. Il pleurait pour sa voiture, répétant toutes les quinze secondes : « Putain, une bagnole toute neuve... Con de chien ! » Des chiens solitaires traversent les routes solitaires, l'après-midi, après les repas bien arrosés. Une dépanneuse arrive. Giraud se

demande qui l'a fait prévenir si vite. Quelqu'un à la brigade a dû conclure un petit arrangement.
Guyomarc'h revient du fourgon, s'approche de Giraud.
— Chef, on a reçu un appel de la brigade. Quand on aura fini ici, il faudrait qu'on monte à Fontfrède. Il paraît qu'ils ont trouvé un macchabée. En pleine colline.
— Un macchabée ? Quel genre ? Suicide ?
— Ils en savent rien. Le maire a dit qu'il montait voir.
— Le maire, et la moitié du village avec lui, tu vas voir le cirque. On manque de distractions à la campagne. Imagine qu'on ait besoin de relever des traces. Tu as fini avec les photos ?
— Oui. J'en ai fait plusieurs de la chaussée à l'endroit où il a quitté la route, et avant. Pas trouvé de traces de freinage.
— Tu m'étonnes. Et s'il y en a un qui s'en est bien tiré, c'est le chien fantôme. J'aimerais bien voir les résultats de la prise de sang.
Giraud fait un signe au gars de la dépanneuse et la carcasse encore chaude sort lentement, au bout du câble du treuil, du sillon de ceps brisés qu'elle a creusé dans la vigne. Sur le toit, pissant ses fluides, comme un gros insecte mort.
Sur la place du Marché à Pallières, c'est sur le chemin, la fourgonnette bleue se range un moment le long du trottoir, le temps que le Breton refasse le plein de Gitanes au Bar-Tabac-Presse-PMU. Giraud, le coude à la portière, laisse traîner son regard sur la place. Le soleil a commencé à décliner mais il fait encore chaud, les passants sont rares. Les touristes s'attardent peu dans ce bourg agricole austère, sans grâce, lui préférant les villages de carte postale perchés sur les premières hauteurs du massif du Luberon. Une silhouette familière pourtant, celle d'Hélène, sa fille, qui sort de la poste. Il sent un sourire se dessiner sur son visage et s'apprête à lui faire un petit signe, mais elle ne l'a pas vu. Elle avance vers lui comme

enveloppée dans un nuage, comme si rien n'existait autour d'elle. Ses yeux sont perdus dans la lettre qu'elle est en train de lire, et dont elle a laissé tomber l'enveloppe dans sa hâte. Giraud sent un drôle de pincement au creux de son estomac. Courrier poste restante, courrier secret. Et ce visage de femme, soudain, ce port de tête, et la poitrine qui ne se cache plus dans la chemise d'homme trop grande. Il a beau faire, il est comme ça. Deux et deux font quatre et déjà les scénarios se bousculent dans sa tête.

Guyomarc'h sort du tabac avec sous le bras ses deux cartouches de Gitanes sans filtre enveloppées de papier brun, sa ration de la semaine. Hélène est à deux doigts de le heurter, bien qu'il ne passe pas inaperçu avec sa crinière rousse taillée en brosse, sans parler de l'uniforme. Elle lève les yeux, confuse, comme rappelée soudain sur la terre et son regard croise celui de son père. Aussitôt elle a comme un repli de tout le corps et elle tente maladroitement de dissimuler la lettre en la laissant pendre au bout de son bras. Deux et deux font quatre. Giraud lui fait un petit geste de la main tout de même. Hélène s'efforce de sourire. Quand ils se croisent en public et que son père est en tenue, ils restent à distance, question de décorum, pour elle plus que pour lui. Il lui dit seulement pendant que Guyomarc'h reprend sa place derrière le volant et redémarre l'Estafette :

— Dis à ta mère que je vais rentrer tard. Qu'elle me laisse une assiette dans la cuisine.

Dans la longue ligne droite qui mène vers Fontfrède, Giraud pense à voix haute.

— Pourquoi la poste restante ? Elle a un amoureux ? Et après ? Est-ce qu'on a l'habitude d'ouvrir son courrier ?

Guyomarc'h n'est pas très à l'aise pour discuter d'adolescentes en crise avec son supérieur hiérarchique. Lui-même a deux

filles jumelles, mais elles sont encore au berceau. Et puis le chef lui fait un peu peur, avec ses colères qui arrivent parfois on ne sait d'où et qui éclatent sans prévenir. Il essaie quand même :
— Vous savez, chef, c'est comme ça, les jeunes. Ils aiment bien garder leurs petits secrets. Surtout les filles.
Mais Giraud est retombé dans le silence, remâchant ses pensées, maudissant la pente de son esprit à échafauder sans cesse les pires scénarios quand il s'agit de ceux qu'il aime. Toujours être prêt au pire, en alerte, tendu. Comme si les catastrophes étaient là, prêtes à bondir à l'instant où sa vigilance se relâcherait. Comme si ça faisait une différence. Tandis que l'Estafette aborde les trois virages qui annoncent l'arrivée à Fontfrède, il se repasse encore une fois sa conversation téléphonique avec Hennequin, son condisciple au lycée de Draguignan qui travaille aux RG.
— Giraud ?
— C'est moi.
— C'est Max Hennequin. Bon, j'ai regardé pour ton type, Alexis Casteret. On a bien un dossier sur lui. Rien de bien terrible. Pour aller vite, dix-sept ans en 68, lycéen à Aix, se fait remarquer dans les AG, tient le mégaphone dans les manifs. Ce genre de conneries. On a deux ou trois photos. Il a l'air de s'amuser comme un fou. Ensuite il rejoint les trotskystes, côtoie des anarchistes de la fac. Un petit leader local, mais pas assez ambitieux pour monter plus haut. Rien de sérieux.
— Maintenant, qu'est-ce qu'il fait ?
— Je suis allé aux nouvelles à son sujet. On l'avait un peu laissé tomber ces derniers temps. En ce moment, il fait le brancardier à l'hôpital d'Aix, bien qu'il ait un tas de diplômes – attends, je lis – une maîtrise de phonétique. Ne me demande pas ce que c'est. Et il anime – et là Hennequin marque une

pause pour ouvrir les guillemets – une association d'aide aux prisonniers, chez toi à Pallières, le local appartient à la paroisse. Un truc humanitaire fondé par un curé. Colis aux taulards, réinsertion, tu vois le genre. On dirait qu'il a viré catho.
— Tu sais où il habite ?
— À Pallières, un studio dans le quartier Saint-Jean, avec sa copine, une sage-femme. Pourquoi il t'intéresse ?
— Ma fille est là-dedans, ce truc des colis. Alors je me renseigne. Si je comprends bien, elle tricote des chandails pour les braqueurs.
— Oui, si tu veux. À ta place, je me ferais pas trop de mauvais sang. C'est plutôt un truc de boy-scouts. Et si c'est ça qui t'inquiète, Casteret, d'après les photos, ça n'a pas l'air d'être le grand séducteur. Je dirais Léon Trotsky en plus grassouillet et en beaucoup plus chauve.
— Bon, merci, Hennequin. Si tu peux en savoir plus, n'hésite pas à me rappeler.
Enfin Giraud parvient à enrayer le tournoiement de ses pensées et à se convaincre provisoirement que les signes démontrent un fait infiniment prévisible et a priori peu inquiétant : sa fille a une amourette et la cache à son père irascible et à sa mère bigote. Le désir d'éviter les enquêtes, les recommandations et les sous-entendus lui semblent une raison bien suffisante pour qu'Hélène cache sa correspondance amoureuse à ses parents. Et puis, si le coquin écrit, c'est qu'il est loin, et ça, ce n'est pas plus mal. La découverte macabre de Fontfrède, comme le dira le lendemain le quotidien régional, va occuper son esprit à autre chose pendant un moment, en tout cas il l'espère.
Pour changer, il se remémore les quelques trouvailles de ce genre auxquelles il a déjà assisté depuis son arrivée à Pallières. Un accident de chasse au sanglier, un cueilleur de champignons tué raide d'une balle à ailettes en pleine tête, retrouvé après

deux jours entiers de battue, avec son panier plein de lactaires posé près de lui, une crise cardiaque, à la chasse encore, les deux cartouches vides, celui-là peut-être à envier, tombé dans la joie d'un beau doublé de perdreaux et puis deux suicides, paysans à bout de dettes ou de solitude retrouvés pendus à une branche ou à une poutre de hangar avec le premier bout de ficelle qui leur était tombé sous la main.

Quand le fourgon arrive enfin sur le plateau du Pas de l'Âne, poussiéreux et surchauffé, après les trois kilomètres de piste cahoteuse en plein soleil, trois voitures sont déjà garées sur les talus, et un groupe d'une dizaine d'hommes au visage recuit fait cercle sous les chênes verts et les noisetiers dont les ombres commencent à s'étirer vers l'est.
Giraud descend, claque la portière de l'Estafette un peu plus fort que nécessaire, déjà maugréant. Le groupe s'entrouvre, découvrant le corps allongé face contre terre dans l'herbe grise de l'été. Bien sûr les hommes ont piétiné les alentours, plus question d'essayer de relever des traces, même si Giraud ne croit guère à ces trucs à la Sherlock Holmes. Mais pour la forme, il faut qu'il râle. Sa rencontre avec Hélène et ses cogitations ne sont pas étrangères à sa mauvaise humeur.
Le maire s'avance vers lui, interlocuteur obligatoire, octroie au gendarme la poignée de main appuyée, cordiale, dont il gratifie tout le monde indifféremment, sans doute par habitude politique. Giraud néglige le salut militaire dû à l'élu et au décoré.
— Monsieur le maire. Vous le connaissez ? demande-t-il.
— Jamais vu. J'ai interrogé tout le monde, sans vouloir faire votre boulot, naturellement. Pour ce qu'on peut en voir, cet homme est inconnu à Fontfrède. Bien sûr on s'est bien gardés de le retourner ou même de le toucher.

Giraud grimace un peu mais s'abstient de donner son sentiment sur la conservation des indices. Quand tout le monde a fini par s'écarter à distance raisonnable, Giraud s'accroupit près du corps. Déjà au premier coup d'œil les choses lui semblent plus compliquées que les autres fois. Attaque cardiaque en plein bois, accident de chasse, de braconnage plutôt, étant donnée la date, rien ne colle. L'homme est vêtu d'un costume sombre, d'un gris presque noir à fines rayures plus claires, en parfait état malgré la poussière rouge qui le saupoudre. Pas de sang, pas de trace apparente de violence. Jusqu'aux cheveux grisonnants qui sont soigneusement calamistrés et collés en raies bien parallèles sur le crâne. Les bras sont repliés sous le corps, les jambes jointes. Le plus étrange est que les chaussures qu'il porte et dont on peut voir les semelles de cuir sont totalement neuves, exemptes de toute usure, comme si elles n'avaient jamais été portées.

Le visage aussi est bizarre, en tout cas le peu qu'on en distingue. Giraud a eu son content de cadavres, et il sait que la mort se plaît à emprunter les physionomies les plus diverses, mais c'est la première fois qu'il voit à un cadavre ce visage rose et presque frais.

Il se relève et se tourne vers Guyomarc'h.

— Je vais m'occuper des photos et voir ce qu'il a comme papiers sur lui. Toi, tu appelles les pompiers. Qu'ils viennent avec leur toubib. Il faut faire vérifier que ce type est bien mort.

Astier lève les sourcils pour marquer sa surprise, mais Guyomarc'h comprend que le chef est moins préoccupé de soigner la procédure que d'éviter le transport du cadavre vers le dépositoire sur le plancher de l'Estafette. Les pompiers feront la gueule, mais il faudra bien qu'ils se coltinent le macchabée. Guyomarc'h se dirige vers le véhicule. Giraud le rappelle.

— Après, tu demanderas à la brigade d'envoyer deux ou trois bonshommes pour battre les fourrés, histoire de voir s'il n'y aurait pas une lettre. Après tout c'est peut-être un suicide quand même, on a vu des trucs plus bizarres.
Puis élevant la voix :
— Bon, lequel d'entre vous a trouvé le corps ?
Personne ne répond, mais Aumand, le tenancier du café, pousse par l'épaule le petit homme en noir que les gendarmes connaissent bien et qui grimace une espèce de sourire, à moitié effrayé par les uniformes, à moitié ravi d'être le centre de l'attention générale. Giraud sort son mouchoir, ôte son képi et s'essuie le front en sifflant tout bas.
— Eh bien, il manquait plus que celui-là. On n'est pas sortis de l'auberge.

Calme

La seule entrée à n'avoir pas été condamnée est celle qui mène à l'office. C'est une porte basse, entièrement dissimulée par un roncier d'apparence infranchissable mais dans l'épaisseur duquel j'ai percé, à patients coups de sécateur, une espèce de tunnel. L'entrée camouflée est presque invisible. Sous le dôme de lianes épineuses, j'ai travaillé pendant des heures, les mains et les avant-bras zébrés de griffures, pour atteindre la porte que je savais ouverte.
Lorsqu'enfin j'ai pu repousser le battant, bloqué par les gravats, la maison m'a soufflé au visage l'haleine froide des lieux que des hommes ont longtemps habités, puis qu'ils ont abandonnés à la ruine : âtres morts, plâtre humide et bois pourrissant. Entre les blocs de ciment qui murent les ouvertures, quelques interstices laissaient entrer assez de lumière pour que je puisse m'orienter, une fois mes yeux habitués à la pénombre. Je suis entré humblement, comme un lézard dans une fente de mur. Longtemps je me suis tenu immobile, attentif, sur le carreau froid couvert de poussière et de débris. Puis, pas à pas, je me suis aventuré dans les corridors et les salons, rasant les murs, sentant peser sur ma nuque le refus que m'opposaient les murailles, m'asseyant parfois à l'angle d'une pièce, dans l'attente de quelque signe d'accord de la grande demeure en décrépitude, à l'écoute des bruits à peine perceptibles qui mis ensemble font le silence. Au dehors, les

cigales menaient leur tapage, mais leur chant était comme tenu à distance, comme si la maison restait impénétrable aux manifestations du monde extérieur, comme si elle vivait dans un autre univers, isolée du monde et des saisons. De temps en temps, une boiserie craquait ou les souris faisaient entendre leurs menus frôlements. Au cœur des charpentes, les vrillettes comptaient les secondes.

Depuis son abandon, depuis ce soir-là, la maison a vu bien d'autres histoires s'écrire sur ses murs. Certaines se laissent déchiffrer, d'autres sont tracées d'une encre plus secrète. Longtemps elle a servi de terrain de jeux aux gamins du pays et de refuge à ses amours clandestines. Les parois portent, tracés au charbon de bois, des serments d'amour éternel, des graffiti d'une obscénité naïve. Les feux des braconniers ont laissé des traînées de suie au manteau des cheminées obstruées. Tout ce qui pouvait être emporté, qui pouvait resservir ou être vendu, portes, boiseries, rampes en fer forgé, cheminées de marbre, a disparu depuis longtemps, laissant les murs montrer leurs briques, les sols mis à nus jusqu'au mortier, là où le pavement en valait la peine. Faute de pouvoir découvrir les héritiers du domaine, les autorités se sont enfin chargées d'en faire condamner les accès, murant portes et fenêtres, de crainte que l'effondrement du toit ou d'un plancher vermoulu ne vienne à causer un accident. Enfin, un jour de 1960, la mise en eau du canal a rendu la bastide inaccessible aux voitures autrement que par la longue piste ou par un lointain pont en aval.

Il me semble aujourd'hui qu'après avoir longuement arpenté les lieux, j'entre moins humblement par le boyau d'épines, que presque malgré moi je laisse résonner plus fort mes pas sur le dallage. Je n'entre pas en maître, mais presque en invité, comme si la maison me savait de passage, m'accordait la permission

d'accomplir ma tâche. Bien sûr il reste le salon de musique, mais pour cette pièce-là je ne suis pas encore prêt.
Sur un mur de la vaste cuisine, parmi les gribouillages, quelqu'un a écrit au charbon de bois : *« Vous n'y êtes pas. »*

Giraud

Les villageois, le maire à leur tête, n'apprécient guère le titre qui s'étale en première page du *Provençal* et que Giraud sourit d'avoir prévu mot pour mot : « Macabre découverte à Fontfrède ». Ce mort étranger, jeté aux yeux de tous dans la truffière, abandonné là comme un frigo hors d'usage, les heurte comme une offense. Il y a des endroits où la mort a droit de cité, apprivoisée et rendue presque inoffensive par le rituel. Des lieux où elle est attendue, où on la respecte comme une autorité nécessaire, le juge de paix supérieur qui règle tout à la fin. Hors de ces lieux, de la pénombre des chambres mortuaires sanctifiée par les murmures du prêtre, hors de la blancheur stérile des lits d'hôpital et même des bords de route où on l'accepte comme une fatalité pourvu qu'elle ne frappe que des inconnus, la mort est un scandale.

On n'a rien trouvé sur le cadavre qui fasse penser à une mort violente, rien non plus dans ses poches pour établir son identité. À cause de la tenue d'enterrement et des chaussures neuves, Mercier, l'adjudant-chef qui commande la brigade de Pallières, penche pour une blague de carabins qui aurait tourné court et doute qu'on puisse jamais en savoir davantage. Tout le monde a au moins entendu parler de ces rituels d'étudiants en médecine où la mort est tournée en dérision par ceux qui devront l'affronter chaque jour, une façon de rendre supportable ce qui pour le commun des mortels ne l'est pas. Un groupe

aura dérobé un cadavre, puis ne sachant qu'en faire s'en sera débarrassé dans un endroit isolé. L'hypothèse ne tient peut-être guère debout, les morgues des hôpitaux n'habillant pas leurs pensionnaires de costumes trois-pièces, mais au moins elle entre dans un scénario connu et elle pourrait suffire à rassurer les villageois. Giraud n'y croit pas du tout, l'adjudant-chef non plus d'ailleurs, quoi qu'il en dise. Les gendarmes ont exploré les buissons loin aux alentours, mais ils n'ont pas trouvé de lettre d'adieu. Pas la moindre trace non plus aux abords de la truffière, en dehors de la zone abondamment piétinée par les villageois, sinon celles bien reconnaissables des brodequins de Gambette et quelques empreintes de pas dans une veine de sable aux abords d'un cabanon en ruines, à quelques mètres de là. On en a fait des moulages, à tout hasard.
Le médecin légiste, avec qui il a sympathisé lors d'une précédente rencontre, lui donne ses conclusions au téléphone avant de rendre son rapport officiel.
— Votre bonhomme semble être décédé de mort naturelle, crise cardiaque ou infarctus du myocarde plus exactement, sur un cœur qui en avait déjà subi au moins un auparavant. Il est possible que le premier soit resté silencieux, qu'il n'ait pas donné l'alerte. Là où les choses se corsent, c'est quand on en vient à la date du décès. Il doit remonter à un mois au minimum, si j'en crois certains indices. Le corps a été ensuite proprement embaumé. Oui, embaumé. Je veux dire qu'il a subi des traitements chimiques destinés à en retarder la décomposition. C'est une chose qui se fait de plus en plus. Enfin, qui se refait. On appelle ça thanatopraxie. Un joli mot savant mais surtout à mon avis une façon pour les croque-morts d'exploiter un peu plus les familles en deuil. Enfin, ça évite tout de même certains désagréments quand l'enterrement

n'a pas lieu tout de suite, surtout en été. En tout cas, on a affaire à un travail de professionnel très soigné. On lui a même fait un brin de maquillage pour lui donner bonne mine. C'est ce qui explique l'état dans lequel vous l'avez trouvé, malgré la température. Ça ne facilite pas la datation, vous vous en doutez. Je suis d'ailleurs prêt à parier que ce type a été inhumé dans les règles de l'art avant de venir faire du tourisme posthume dans vos garrigues. Vous avez découvert son identité ?

— On cherche encore. Pas de papiers, mais le costume a été fait sur-mesure. Là aussi, du beau travail. La veste portait l'adresse du tailleur cousue sur la doublure. On va le contacter. Quel âge lui donnez-vous ?

— La bonne soixantaine. Dans une relative bonne santé si on excepte les artères coronaires et un foie un peu chargé. Fumeur, avec sans doute une légère tendance à lever le coude. Disons qu'il aurait pu tenir encore une dizaine d'années en profitant un peu moins de la vie. Quelques tatouages très anciens, presque effacés, souvenir de l'armée sans doute. On lui a tiré le portrait pendant qu'il était encore présentable. Si vous en avez besoin pour le faire reconnaître…

Giraud raccroche après quelques banalités. Keller et Danjou, les deux hommes qu'il a envoyés à Carpentras avec la veste du mort seront rentrés dans deux heures et l'identité du type sera probablement établie. Après tout, les hommes qui font couper leurs costumes par un tailleur ne sont plus si nombreux et les artisans conservent dans leurs livres les mesures de leurs clients.

En attendant le rapport de Keller, il décide de passer au village, histoire d'entendre un peu ce qui se dit sous les ombrages de la place. La porte de son minuscule bureau donne sur la pièce où travaillent les gendarmes quand ils sont présents. Cet après-midi, tout le monde est dehors et les lieux sont plutôt calmes. On entend cliqueter avec une lenteur désespérante la machine à écrire de Rey qui enregistre une plainte. Vol de voiture d'après les bribes que Giraud a entendues. Le type gigote sur sa chaise, croise et décroise les jambes, se demandant sans doute s'il va passer la journée là, en plus de l'emmerdement d'être devenu piéton.

— S'il y a une urgence, je suis à Fontfrède. Vous n'aurez qu'à appeler le bistrot. Je prends ma voiture.

Au passage sur la place de Pallières, Giraud ne peut s'empêcher de ralentir pour jeter un coup d'œil sur le trottoir, à l'endroit où Hélène a laissé tomber l'enveloppe. Il la repère tout de suite, bien en évidence, dans le caniveau. Elle y restera jusqu'au passage des balayeurs, demain, après la fin du marché et elle partira à la décharge avec les cageots et les légumes pourris. Il y a quelques passants qui rasent les murs pour chercher un peu d'ombre. Sans leur présence, la tentation aurait été trop forte d'aller y jeter un coup d'œil.

À Fontfrède, Giraud gare sa voiture sous le platane deux fois centenaire, près de la fontaine, qui, après trois mois sans presque une goutte de pluie, ne délivre plus qu'un fil d'eau claire dans le bassin en ciment plein de mousse et de guêpes mortes. Le bruit cristallin de l'eau est le seul son qui brise le silence de l'après-midi. À cette heure-là, les villageois ne sont pas nombreux à affronter les rues chauffées à blanc. La poste et la mairie, qui partagent le même bâtiment sur la place, sont encore fermées. C'est tant mieux, car Giraud n'a aucune envie de rencontrer le maire et de subir son amabilité un peu condescendante. Il entre dans le café désert, faisant cliqueter au passage le rideau de perles de bois. Aumand sort sans se presser de son arrière-cuisine, marque un vague sursaut à la vue de l'uniforme, puis se hâte de passer un chiffon sur son comptoir qui n'en a pas besoin. Giraud hoche la tête à ces considérations sur la température, contemple un instant l'idée d'un demi bien frais mais se dit qu'il faudra insister pour le payer et qu'il a horreur de ces joutes ridicules.

— Qu'est-ce que je vous sers, chef ?

— Donnez-moi un verre d'eau.

Aumand pose un verre à limonade devant Giraud, le remplit, pose sur le bar le pichet en inox couvert de buée. Les glaçons tintent. Giraud vide son verre lentement. L'eau froide a une saveur un peu minérale, rocher après la pluie ou pierre à fusil. C'est l'eau de la fontaine, lentement distillée dans des mines creusées à flanc de colline et réputée souveraine pour l'anisette. Il pose son képi sur le comptoir, s'essuie le front avec son mouchoir, se ressert. Le silence s'épaissit, au point qu'on entend les mouches agonisantes vibrer sur le ruban de papier collant.

— Alors, chef, vous avez trouvé quelque chose pour le type, là-haut ? finit par interroger Aumand.

— Pas encore, mais ça va venir. Et ici, au village, qu'est-ce qu'on dit de tout ça ?

— Oh, vous savez, les gens ont pas mal parlé au début, mais ils se sont vite trouvés à court. La plupart croient que c'est une espèce de règlement de compte. Entre gens du milieu, vous voyez, à cause du costume. Vous savez, *Le Parrain*, tout ça. Le film, je veux dire. Mais pourquoi il aurait atterri sur les terres de Bressier, alors là, mystère. Le pauvre Bressier, vous n'imaginez pas tout ce qu'il entend. Heureusement qu'il a pas reçu un coup de fusil, votre type. Bressier serait déjà en prison. Vous voyez, à cause des truffes. Y a des gros sous là-dedans, ça rigole pas. Il est mort de quoi, finalement ?

Giraud répond par un geste vague qui ne veut rien dire. Il voit bien que l'autre, accoudé à son zinc devant les rangées de bouteilles, pose sur lui des yeux pleins d'attente, espérant des confidences, mais il se contente de siroter son deuxième verre d'eau comme si la soif était la seule raison de sa visite.

— Le problème, vous voyez, c'est qu'on ne sait rien, reprend Aumand. Alors on invente.

— Et qu'est-ce qu'on invente ?

— Tout et rien. Quand c'est pas les truands de Marseille, on parle d'une affaire de drogue. Des hippies qui habitent dans le Vallat du Furet. La piste après le Pas de l'Âne, vous savez, elle passe pas loin de chez eux. Mais c'est vrai aussi qu'on parle d'eux à chaque fois qu'il manque une poule.

— De quels hippies vous parlez, de ceux qui vendent des fromages au marché ?

— Oui. Vous comprenez, les gens d'ici, ils les aiment guère. Ils comprennent pas qu'on puisse vivre comme ça à notre époque. Loin de tout, sans électricité, avec un minot, en plus. Lui, remarquez, on dirait pas à le voir mais c'est un type d'ici, un fils de paysan. On le voyait souvent par ici, avant. Une grande gueule. Il a voulu voir le monde. Il est parti je sais pas où, pendant deux ou trois ans. Chez les Indiens, là-bas. Quand il a fini par revenir, on a bien vu que ça lui avait tapé sur le citron. Et puis cette fille qu'il a ramassée je sais pas où, ça, c'est autre chose. Des gens comme ça, on n'aurait jamais cru en voir par ici. Et il y a ce gosse, vous l'avez peut-être vu, au marché. À mon avis il est pas normal. Vous savez qu'ils vivent dans une grotte, comme dans l'ancien temps ?

Giraud écoute et ne dit rien. Il connaît de vue le couple qui tient un petit étal au marché du vendredi, à Pallières. L'homme qui a l'air d'un Jean le Baptiste avec ses cheveux qui lui tombent sur les épaules et sa veste en peau de mouton et qui regarde les clients comme s'il voulait les bouffer et elle avec ses robes indiennes et ses foulards, qui donne encore le sein à un lardon aux cheveux roux et plats qui doit bien approcher les deux ans. Les yeux du gamin ont le même bleu délavé que ceux de sa mère, des yeux qui ont l'air de regarder à travers les choses. Mais les fromages qu'ils vendent, plus personne ne sait en faire de pareils et les clients ne manquent pas. Giraud ne voit pas quel rapport il pourrait y avoir entre ces gens et son mort costumé sur-mesure et amateur de bonnes bouteilles.

— Et puis il y a Zé qui a dit qu'il le reconnaissait. Mais c'était à son quatrième pastis.

— Qu'il le connaissait comment ?

— Oh ! ça, pensez-vous, il n'a pas su le dire. Mais le pauvre Zé, il sait pas quoi inventer pour se rendre intéressant.

— Et où est-ce qu'on le trouve, ce Zé ?

— Son vrai nom c'est Joseph. Joseph Grégoire. Un paysan qui a pris sa retraite. Il faut dire qu'il tient plus guère debout avec sa patte folle. Il habite la maison en haut du village, la dernière avant le chemin du Garri, celle avec les volets rouges, vous pouvez pas vous tromper. Enfin, ricane Aumand, c'est sa belle-fille qui y habite. Lui il habiterait plutôt dans le jardin. De temps en temps, son fils lui donne quatre sous en cachette de sa femme. Il se dépêche de venir ici les boire.

Dans la ruelle en pente qui longe le bar, devant la petite épicerie, Giraud salue de la tête un brelan de commères en tabliers à fleurs qui se remettent aussitôt à chuchoter entre elles. Deux gamins dévalent la rue dans un bruit de tonnerre sur une carriole bricolée avec des planches et des roulements à billes. À la vue de l'uniforme, ils descendent de leur engin et se hâtent de disparaître dans la plus proche venelle.

La maison est la dernière du village. Un terrain à moitié cour, à moitié jardin où finissent de rouiller d'antiques engins agricoles la sépare de la rue qui au-delà perd son bitume pour se transformer en chemin de terre et partir à l'assaut des flancs

du Luberon à travers vignes et vergers d'abricotiers. Dans un coin, un potager bien soigné où les rangées de tomates et d'aubergines alternent avec des dahlias éclatants. Sur les fils de fer, le linge sec depuis longtemps pend, raide comme du carton. Un vieux à casquette et chemise à carreaux mâchonne son dentier à l'ombre du mûrier, ses mains tordues par les rhumatismes posées sur sa canne, les yeux fermés. Un chien jaune dort à ses pieds, couché de tout son long.
Giraud néglige la clochette de fer, pousse le portillon qui grince.
— Monsieur Grégoire ?
L'autre entrouvre les yeux, tout son visage se plisse en un sourire rusé. Il touche la visière de sa casquette, tapote de la main le muret du puits. Le chien ouvre un œil, soulève un peu sa tête, la repose en soufflant dans la poussière.
— Asseyez-vous, brigadier, restez pas au soleil. Je vous ai vu monter. On a la belle vue ici, et le bon air, mais il faut les mériter. Je parie que c'est Aumand qui vous a dit de venir me trouver.
Giraud s'assoit, contemple un instant les toits de vieilles tuiles sur lesquels l'air brûlant tremble comme une gelée.
— Il m'a dit que vous connaissiez ce type, le mort.
— Oh ! le connaître, c'est beaucoup dire. Disons que sa tête me dit quelque chose.
Giraud ôte son képi, passe son mouchoir à carreaux sur son front. Le vieux fait durer le silence, ménage ses effets. Une femme en tablier soulève un instant le rideau de coton qui défend l'entrée de la maison contre les mouches, jette un bref coup d'œil sur les deux hommes et disparaît à l'intérieur avant que Giraud ait pu faire un geste pour la saluer. On l'entend remuer des casseroles à grand bruit.
— Depuis l'autre jour je cherche. Quand les pompiers sont

venus le récupérer, pendant qu'ils le mettaient sur la civière et que votre bonhomme le prenait en photo, je me suis dit : « Zé, cette tête-là, tu l'as déjà vue, mais où ? » Vous savez comment c'est quand on cherche. Pas moyen de mettre un nom dessus.

Giraud prend patience. Le vieux n'a pas dû avoir depuis longtemps un auditoire aussi attentif et il entend en tirer tout le profit possible.

— J'en ai parlé aux autres, mais personne se rappelle de rien. Alors, pardi, ils se sont foutus de moi. Mais moi je leur ai dit : « Vous pouvez toujours rigoler, vous verrez qui c'est qui aura raison à la fin ! »

Décidément il en fait trop et Giraud finit par se lever et remettre son képi. Il se dit que l'ombre du platane a eu le temps de tourner et que sa voiture est sûrement au soleil maintenant.

— Eh bien quand vous aurez trouvé, passez l'information à Aumand. Il me téléphonera.

Il fait mine de partir, et l'autre le laisse faire, comme un pêcheur qui donne du mou à sa prise avant de ferrer.

— Attendez, je dis que je cherche, mais à force de chercher, j'ai trouvé.

Giraud a déjà la main sur le portillon. Il pousse un gros soupir.

— Pendant la guerre, j'ai donné de temps en temps un coup de main aux charbonniers, là-haut.

Le bout ferré de sa canne désigne un point du côté des croupes arrondies de la montagne, vers l'est du massif.

— Vous savez, on coupait des arbres pour faire du charbon de bois. On faisait marcher les voitures avec ça, les camions aussi. Y avait plus d'essence. Moi, j'étais réformé, rapport à ma hanche. Il faut dire que j'ai dégringolé d'une échelle quand j'avais douze ans. Avec mon frère...

Giraud sent que le récit du vieux peut s'allonger à l'infini. Il

lève la main pour l'interrompre.
— Et, alors, les charbonniers ?
— Oui, enfin, moi, j'étais encore jeune à l'époque, je pouvais tenir une scie. Pendant quelques temps il y a eu un maquis, c'était en 44, vers la fin de la guerre. Ils changeaient de place de temps en temps, entre ici et les monts de Vaucluse et ils ont fini par se retrouver là, juste à côté du chantier. Tout le monde le savait plus ou moins, même les gendarmes, je crois, mais va les chercher là-haut. Leur chef c'était Astier, oui, celui qui est maire aujourd'hui, mais à l'époque on le connaissait pas, on savait même pas qu'il était originaire d'ici. Il y avait deux ou trois garçons du village dans la Résistance, mais du côté des communistes. Ceux du capitaine Tancrède, c'est comme ça qu'on l'appelait, c'était des gaullistes, ils ne s'entendaient pas du tout entre eux. Notre patron leur portait du ravitaillement. Des fois, y en avait un ou deux qui montaient avec nous dans le camion. C'est là que je l'ai vu, ce type, celui qui est mort.
— Au maquis ? Il y a plus de trente ans ?
— Eh oui. Je l'ai vu comme je vous vois. Assis à côté de moi sur le siège. Son nom, ça je saurais pas le dire. Mais de sa figure, j'en suis sûr. J'ai pas une bonne tête pour les noms, mais les figures, je les oublie pas.
— Et M. Astier, il a bien dû le voir comme vous, non ? Il ne l'aurait pas reconnu ?
— Oh, lui, il voit beaucoup de monde, c'est un monsieur important. Et comme vous dites, il a passé trente ans là-dessus. C'est pas tout le monde qui peut se rappeler une tête après trente ans.
Derrière le rideau, les bruits de vaisselle montent d'un cran. Le vieux cligne de l'œil d'un air à la fois matois et résigné. Il se remet debout péniblement, en s'aidant de sa canne.

— Je crois que ça va être l'heure de la soupe.
Il se retourne vers la maison, puis ajoute plus bas :
— La bourgeoise, elle aime pas attendre. Elle me fait manger en premier comme les petits. Soi-disant qu'ils ont besoin d'intimité, avec mon fils. Pour ce qu'ils se disent. Enfin, quand on est vieux et qu'on mange à la gamelle des autres, il faut prendre ce qu'on vous donne.
Giraud traîne encore une heure ou deux à Fontfrède, parlant aux uns et aux autres, écoutant surtout, sans rien noter. Son visage austère où le sourire se fraie difficilement un chemin, son regard grave où les gens voient de la sollicitude et qui souvent cache un retrait au fond de ses pensées attirent les confidences. Mais ce qu'il ose à peine s'avouer à lui-même, c'est que s'il s'attarde si longtemps dans les rues du village, c'est pour laisser à la nuit le temps de vider de ses passants la place de la Poste à Pallières, pour y ramasser sans témoin un morceau de papier sur le trottoir poussiéreux.

Manu

Le maton transpire et ça se sent. Pas seulement pour l'entorse au règlement, pas seulement ça. Manu retient la grimace de dégoût qui lui monte aux lèvres. Mais il sait comment il faut la jouer. Garder l'humble attitude du prisonnier modèle, ce petit air de bonne volonté, de complicité fraternelle, avec juste ce qu'il faut de soumission, laisser croire à l'autre qu'il a la main. Ce fumier peut encore servir.

— Tu sais j'ai tes trucs, mais, putain, tu me fais risquer gros.

— Allez, commencez pas à flipper, chef, je vais pas aller le crier sur les toits. Faites voir.

L'enveloppe change de main. Quatre plaquettes de Valium, pas pour lui, mais faciles à négocier, et surtout les cinq tirages noir et blanc, format 9 × 13. Du travail d'amateur, mais passable. Manu élimine les trois premières images, c'est bien sa belle gueule, pas de problème, mais le regard est trop aigu, le défi trop manifeste. Celle-ci, prise de face, fera l'affaire. Mon petit Manu, tu as tout d'un ange, on te donnerait le bon Dieu sans confession. Les yeux clairs droit dans l'objectif, sans nuages, les lèvres un peu enfantines, un peu boudeuses, et la petite fossette dans le menton qui les fait toutes mouiller. La petite conne va adorer ça. Celle-là, il la sent bien accrochée. Manu prépare sa sortie.

Il n'a pas senti que le maton s'était approché par derrière, comme pour mieux contempler les clichés lui aussi. Le type en bleu choisit ce moment pour tenter le geste qu'il médite depuis deux mois, poser une main sur l'épaule du prisonnier, l'air de rien, en camarade. À la seconde suivante, il est couché sur le sol en béton de la bibliothèque, ses phalanges broyées dans l'étau de la main de l'autre, ses poumons désespérément vidés par le genou qui les écrase. Les yeux verts à deux doigts des siens le clouent au sol plus encore que la douleur.

— Ne remets plus jamais la main sur moi, saloperie de tapette. Tu entends ? Plus jamais.

Journal d'Edmond Lieutaud
Mardi 15 mars 1944

Ce matin, une odeur de viande grillée m'a fait bondir de ma paillasse. Simon a attrapé un lapin. En tout cas c'est le nom qu'il a donné à la bestiole qui rôtissait sur une baguette de noisetier et dont il s'est bien gardé de me montrer la dépouille. Ils m'ont fait une place près du foyer, devant le cabanon qui nous sert de domicile, et on est restés à se chauffer les mains en bavant d'envie et en se disputant d'avance les meilleurs morceaux. Il restait encore à peu près une heure de nuit pour faire cuire ce petit déjeuner inespéré, après, il faudrait éteindre le feu. Pas question de laisser voir de la fumée. Il y a des yeux partout, même dans ce désert.
Antoine a charrié Simon sur sa religion, ou plutôt celle de ses parents. Il y a des fois où Antoine ferait mieux de réfléchir avant de parler.
— Eh dis donc, toi qui es juif, t'as le droit d'en manger, de ça ?
Avec Daniel, on s'est regardés un peu gênés mais Simon a rigolé, comme toujours, avec ses grandes dents blanches.
— Tant que c'est pas du cochon ! Tu vois, un joli cochon de lait, bien doré, sur un lit de pommes frites, sûr que j'y toucherais pas. La religion, c'est sacré !
On s'est tous esclaffés, vu que Simon se fout de la religion au moins autant que nous et chacun a renchéri, pâtés en croûte, jambons, fricandeaux, tout y est passé, un vrai feu

d'artifice de charcutaille qui nous mettait la salive à la bouche et nous tordait les boyaux.

La nourriture, c'est notre sujet de discussion favori. Il faut dire qu'on ne pense plus guère à autre chose. Même le froid, on arrive à l'oublier, et même les filles. Les autres n'en parlent plus, des filles, alors que dans les premiers jours, ils se lançaient à longueur de journée dans des tournois de vantardise, en baissant la voix quand je me trouvais à portée d'oreille. Moi, il paraît que je n'ai pas encore droit à ce genre de conversation. Antoine a bien fini par accepter que je le suive jusqu'ici, mais il ne perd jamais de vue son rôle de frère aîné. Pourtant lui-même s'y mettait, alors que je parierais bien qu'il n'a pas beaucoup plus d'expérience que moi dans ce domaine. Mise à part bien sûr cette lamentable expédition rue du Tapis-Vert, avec Simon, où il s'est fait soulager d'une semaine entière de paye sans avoir réussi à ramener autre chose qu'un œil au beurre noir. Simon a dit : « Au moins, comme ça, on n'a pas attrapé la chaude-pisse ! » Edmond, lui, se contentait du rôle d'arbitre, car même s'il nous dépasse d'une tête et pourrait nous étaler d'une seule gifle, il a l'âme pure d'une pensionnaire de couvent et rougit pour un rien.

On s'est partagé l'animal qui n'était pas bien gras et pas non plus tout à fait cuit. Il y avait encore un peu du pain que nous avait donné la tante Judith, et même trois patates que Simon avait fait cuire sous la cendre et qu'on a coupées en petits dés pour les partager équitablement. Un vrai festin. J'ai bien vu qu'Antoine faisait en sorte que j'aie les plus grosses parts. À la maison, on était comme chien et chat, c'était le combat de tous les jours pour le territoire, vu que l'appartement n'était pas bien grand, et notre chambre commune encore moins même si Lili, en grandissant, avait préféré mettre son lit dans la chambre de maman puisque de toute façon on savait que papa n'allait pas revenir. À ce moment-là, Antoine ne me ménageait pas les baffes, que d'ailleurs je lui rendais de plus en plus souvent les derniers temps. Depuis qu'on joue les ermites dans la garrigue, les baffes ont disparu, mais il ne me laisse plus faire un pas sans s'inquiéter. Évidemment, il se sent responsable de moi, même si je ne lui ai pas vraiment demandé la permission de le suivre.

Quand il n'est plus resté que quelques os bien récurés, Simon m'a regardé droit dans les yeux avec un air particulièrement crétin et a fait simplement :

— Miaou !

Alors lui et Antoine se sont mis à tourner autour de moi en entonnant un duo de miaulements à fendre l'âme. Même Daniel se tenait les côtes. Moi, j'avais beau essayer de rigoler, j'ai cru sentir la viande que j'avais mangée faire le gros dos dans mon estomac, mais c'était peut-être simplement un effet du régime végétarien que nous observons depuis pas loin d'un mois.

Quand ils en ont tous eu assez de rire à mes dépens, Simon a fini par me montrer comment il avait réussi à fabriquer une espèce de collet avec du fil de fer qu'il a fauché à un grillage de poulailler – c'était bien un lapin finalement. Comme il n'y a plus ni fusils ni chasseurs, les lapins ne manquent pas. Le piège marche bien si on trouve le bon endroit pour le poser. Ça ne doit pas être trop difficile pour des gars de la campagne, mais pour des citadins comme nous, ce n'est pas évident et cette fois ç'avait dû être un vrai coup de chance. Tout de même, on a désormais l'espoir de manger de la viande de temps en temps.

La tante Judith, en fait c'est plutôt la grand-tante de Daniel, fait ce qu'elle peut, mais elle est trop vieille pour cultiver un grand potager, même si c'est une dure à cuire comme on n'en

fait plus et puis février est à peu près la pire saison pour les jardins. Rien encore à récolter, et les réserves de l'an passé sont presque épuisées. Et bien sûr il n'est guère question de demander aux voisins sans leur faire savoir qu'on a quatre jeunes estomacs de plus à remplir. Parmi les gens du village, comme en ville, ce n'est pas toujours facile de savoir ce que chacun pense vraiment. D'après Daniel, qui le tient de sa tante, il y a le maire, Pélanchon, qui a du Maréchal plein la bouche, et quelques autres comme lui qui disent que tout ça, la défaite, l'Occupation, les hommes prisonniers en Allemagne, c'est la faute aux syndicats et aux communistes et que ça leur fait les pieds à tous ces feignants, et qu'il était temps que les Allemands arrivent pour mettre tout le monde au pli. Et puis la plupart des autres, qui ne pensent qu'à continuer à vivre en laissant passer l'orage. Bien sûr, il y en a quelques-uns qui sont de l'autre côté, je veux dire avec de Gaulle, et même quelques camarades, comme dit Simon, mais ceux-là bien sûr ils ne le crient pas sur les toits.
De toute façon, on ne compte pas s'éterniser ici bien longtemps. La tante a, paraît-il, réussi à trouver quelqu'un qui connaît quelqu'un, etc. Enfin on devrait bientôt pouvoir rejoindre le maquis, le vrai, et se mettre vraiment au boulot contre les Boches et leurs copains. Et ça, c'est ce qu'on attend tous, et Simon, peut-être encore plus que nous.
Simon, c'est le type le plus gentil que je connaisse, et il n'y en a pas deux comme lui pour inventer des blagues, mais on sait bien que là-dessous, il y a la rage qui ne le quitte pas, la rage d'avoir vu ses parents monter dans le fourgon de la police sans pouvoir rien faire, pendant qu'avec Antoine on le tenait à bras-le-corps sur ce bout de trottoir. S'il s'arrête de rigoler une minute, on sent qu'il va exploser.

Giraud

Comme à son habitude, Giraud s'est levé tôt. Il installe en silence sur la table de la cuisine les ustensiles du petit déjeuner, pendant que la cafetière crachote et que ses deux tartines prennent peu à peu la couleur idéale sur le grille-pain. Giraud aime le petit matin, l'heure bénie où les fantômes de la nuit s'évanouissent devant les premiers rayons du soleil. Mais il sait qu'aujourd'hui les fantômes vont survivre. C'est un de ces matins-là. Cette fois la menace est réelle, même si elle est encore vague, elle n'est pas née de l'insomnie. Après s'être servi son premier bol de café, par habitude, il ressort du tiroir le numéro du *Nouvel Observateur* qu'il n'achète que pour les mots croisés, si difficiles qu'il ne parvient à les résoudre qu'une semaine sur deux. Souvent les solutions surgissent au réveil, évidentes, comme si dans un repli secret de son esprit une officine spéciale avait continué à travailler au problème à son insu. Mais ce matin-là les définitions sibyllines ne parviennent même pas jusqu'à sa conscience. Une image que rien ne peut chasser s'impose devant elles : trois lignes d'adresse que sa mémoire a photographiées avec la plus grande précision :

Mlle Hélène Giraud
Poste restante
84 Pallières

Trois lignes tracées d'une écriture appliquée, enfantine et un peu tremblante, avec un Bic bleu peut-être à court d'encre ou bien encore trop neuf qui a imposé des retours en arrière, des lettres profondément gravées dans le papier bon marché, un peu gris, marqué par les semelles des passants et surtout, étalée au-dessus, la flamme proclamant que la lettre a été postée le 26 juillet 1975, à Marseille, à la maison d'arrêt des Baumettes.

Le pain oublié a commencé à noircir. Giraud se hâte d'éteindre le gaz, se brûle un peu les doigts en grattant au-dessus de l'évier le bord carbonisé de ses tartines. Le beurre ramollit trop vite. Il fait déjà chaud dans la cuisine étroite et dans tout l'appartement situé sous les combles, malgré la brise légère qui agite mollement les feuilles du platane de la cour et fait trembler l'unique fleur écarlate du géranium sur l'appui de la fenêtre.

Giraud dort peu, et souvent mal. Souvent une inquiétude diffuse le réveille aux petites heures de la nuit, ou juste avant l'aube, et il ne se rendort que pour subir la sonnerie aigre du réveil. Cette nuit-là encore, allongé les yeux ouverts dans la pénombre de la chambre, auprès de sa femme endormie, il a fait jouer jusqu'à la nausée, sur son écran intérieur, les diverses versions de la même scène, son face-à-face avec Hélène, échafaudant des stratégies qui s'écroulaient l'une après l'autre, se heurtant à chaque fois à l'incompréhension qu'il a laissé s'installer entre lui et sa fille, entre lui et tous les siens. Pourtant ne pas agir, laisser les choses suivre leur cours, lui semble impensable. S'il est une certitude pour lui, c'est que les gens qui sont en prison méritent d'y être. Ils sont l'autre camp, la mauvaise part du monde, l'ennemi. Ils connaissaient les règles. Ils ont joué et perdu. Enfance meurtrie, passé douloureux, tout le sordide que les avocats étalent à longueur de plaidoirie, n'excusent rien à ses yeux, ni l'avidité, ni la violence, ni le mépris pour les victimes. N'a-t-il pas le droit de mettre dans la balance son passé à lui ? L'enfance dans un pays en guerre, le père absent, prisonnier, la faim. Et puis à peine au sortir de l'école, l'apprentissage chez un patron qui le traitait comme un esclave, le premier galon gagné à dix-neuf ans dans les rizières, et la guerre encore, sous tous les soleils coloniaux, en guise de jeunesse.

Il se lève, son bol de café à la main, passe dans la salle de séjour et se plante devant le cadre où Marie a disposé, dans un désordre étudié, les photos qui résument leur vie commune, année après année. C'est ici, dans l'empilement des images, dans les divers stades de jaunissement du noir et blanc ou les nuances plus ou moins pâlies des photos en couleur, que se matérialise le temps passé plutôt que dans cette tentative dérisoire de le saisir, de lui donner une substance. Souvent au petit matin, quand il est encore le seul éveillé, Giraud se retrouve là. Il se laisse glisser dans la rêverie, la nostalgie facile de ces moments de bonheur figés sur le papier glacé, la satisfaction d'avoir après tout accompli, au moins jusqu'à ce jour, ce banal tour de force, garder sa famille intacte, lui éviter les tempêtes. Mais aujourd'hui, la sensation de menace est la plus forte. Ce monde nocturne, violent et sale, que son métier lui fait côtoyer chaque jour, il a cru jusqu'ici pouvoir le tenir éloigné des siens, mettant toutes ses forces à les entourer d'un mur de sécurité, d'ignorance aussi.

Sur son portrait de première communiante, Hélène sourit au photographe. Sous ses cheveux noirs tressés en couronne, ses yeux clairs regardent le monde sans crainte, tout pleins de la fierté d'être, comme une petite mariée, vêtue de blanc, celle pour qui les orgues déploient leurs vagues de ferveur et de certitude. Giraud se souvient de ses propres années de catéchisme. Les copains traînaient les pieds pour y aller, pas lui. Il aimait la fraîcheur de l'église, le mystère de cette présence devant laquelle tous pliaient le genou, l'odeur des cierges et de l'encens. Il brillait facilement devant le curé grâce à sa mémoire agile, récitant les mots pleins d'obscurité du Credo comme les tables de multiplication. Il se souvient aussi que la religion s'est détachée de lui très vite, en même temps que l'enfance. Aujourd'hui, il ne la considère plus que comme un refuge trop facile pour ceux qui n'ont pas le courage d'accepter leur condition de mortels, ceux qui renoncent à la lutte pour se blottir dans les bras d'un père imaginaire. Mais il en aime encore la pompe, les commandements simples, l'autorité tranquille. C'est dans l'espoir peut-être vain de protéger ce monde-là, ce monde de premières communions et de pique-niques sur la plage, qu'il lutte chaque jour. Désormais une brèche est ouverte et les deux mondes se sont rencontrés. Se pourrait-il que le barrage cède ?

Plus tard, Giraud salue le planton qui bâille dans son réduit vitré près du portail, entre dans les bureaux encore déserts, qui sentent le tabac froid et le ruban de machine à écrire. Keller est rentré tard la veille et il a laissé son rapport sur le bureau de Giraud. Comme d'habitude, l'orthographe est incertaine, mais le travail sérieux. Keller aime écrire et ses P.-V. seraient des modèles du genre s'il s'en tenait au style administratif et surtout s'il maîtrisait un peu mieux les accords et les participes passés.

Le tailleur n'a mis que quelques minutes à leur livrer un nom. C'est à peine s'il a jeté un coup d'œil sur son registre, pour la forme. L'homme était intarissable sur sa marchandise. « Nous ne vendons pas cette qualité tous les jours. Voyez, mérinos et cachemire, importé directement de Londres. Un tombé incomparable. Oui, je peux vous donner l'adresse. J'espère qu'il n'est rien arrivé de grave à ce monsieur. » L'adresse est celle d'un certain Louis Lefebvre, propriétaire d'une entreprise d'import-export à Carpentras. Le tailleur s'est montré consterné par la perte définitive de la clientèle de M. Lefebvre. « Nous faisions les essayages et les livraisons à son bureau, car ce monsieur n'avait pas de temps à perdre. C'est à deux rues d'ici. Les grands entrepôts en brique, le nom est écrit en gros, vous ne pouvez pas les manquer. »

Dans les bureaux de l'entreprise, la nouvelle de l'enlèvement du corps a ajouté à la panique qui régnait déjà, car c'est le patron qui s'occupait de tout, ne déléguant que les tâches les plus subalternes. Louis Lefebvre est né en 1909 à Montevideo, en Uruguay, de parents français. Terrassé, comme on dit, par une attaque le 15 juillet 1975, dans son bureau directorial, sous les yeux de sa secrétaire à qui il était en train de dicter une lettre. Décédé pendant son transport à l'Hôtel-Dieu. Ce sont ses employés qui ont organisé les obsèques. L'un d'entre eux, celui qui se rapproche le plus de ce qu'on appelle un homme de confiance, a vécu les débuts de l'entreprise, en 1957, lorsque Lefebvre est arrivé d'Uruguay avec une jolie fortune à investir et un bon réseau de relations en Amérique du Sud. Il parle de son patron avec une admiration un peu craintive. « M. Lefebvre était célibataire et n'avait plus aucune famille en France, ni à ma connaissance en Uruguay. Pas vraiment d'amis non plus, plutôt des relations. Les affaires bien sûr, la politique un peu, à droite évidemment, mais sans vraiment s'engager. Un homme dur, un négociateur implacable, un vrai patron. Non, monsieur, pas d'ennemis. En affaires, on a des adversaires, mais chacun respecte les règles du jeu. Côté cœur ? Ce n'était pas son genre, et puis il n'avait plus l'âge des amourettes. Disons qu'il avait comme on dit ses habitudes. La compagne convenable pour chaque occasion.

M. Lefebvre avait les moyens. De l'argent ? Nous faisons du commerce, alors il y a beaucoup de mouvement. Mais c'est une entreprise solide, en tout cas ça l'était. »

Keller a encore eu le temps de visiter la maison où vivait Lefebvre, une villa cossue des années 1900, protégée du bruit et des regards de la rue par un jardin à jet d'eau, sans y trouver grand-chose. Mobilier ancien, tableaux, tapis profonds, du travail de décorateur, un luxe de bon aloi, mais qui semble poser pour un magazine. Pas de portraits au mur, pas d'albums de famille. Deux domestiques, Mlle Dussueil, une sorte de gouvernante à cheveux blancs tellement accordée au décor vieillot qu'elle semble avoir été acquise avec le mobilier, et qui pendant toute la visite des gendarmes n'a pas cessé de tamponner ses yeux secs avec un mouchoir en dentelle, et Mme Flotte, la cuisinière, une matrone qui semble faire volontiers honneur à ses propres productions. Une femme vient le matin pour le gros ménage, mais elle ne dort pas dans la maison. Elles connaissent chacune des habitudes de Monsieur, ses manies aussi, mais rien de plus. Un maître exigeant, parfois cassant, mais payant bien.

Pour en savoir davantage, il faudrait une perquisition en règle, mais Giraud doute qu'elle soit ordonnée pour une affaire aussi mince, surtout chez un notable comme Lefebvre. Rien non plus du côté du cimetière, le caveau de granit noir flambant neuf proprement refermé sur le cercueil vide. Quant à faire venir une équipe scientifique, chercher des empreintes, encore une fois l'affaire n'en mérite pas autant, en pleine saison touristique où les accidents de la route et les vols à la roulotte se multiplient. Il est probable que M. Lefebvre regagnera bientôt sa boîte et que l'affaire en restera là.

Dans la cour de la caserne, un véhicule se gare. Monnier et Guyomarc'h en descendent, revenant sans doute d'une scène d'accident. Le Breton a une mine de papier mâché. Il n'a visiblement pas dormi, ce qui ne l'empêche pas d'allumer avec avidité sa cigarette aussitôt descendu du fourgon. Monnier déteste le tabac et le fait savoir à grand bruit. Les hommes se saluent, un téléphone sonne, les affaires reprennent. Un couple de touristes britanniques fait son entrée, la femme en robe bariolée, l'homme en short kaki et chemise hawaiienne, leurs visages rendus cramoisis par le soleil ou par l'émotion. Ils parlent en même temps, font de grands gestes. Personne ne comprend leur langue, ce qui semble les choquer au plus haut point, car leurs yeux se posent tour à tour, pleins d'incrédulité, sur chacun des présents. Rey les fait asseoir, les questionne à tue-tête en petit-nègre, croyant sans doute qu'ils comprendront mieux le français ainsi. L'adjudant-chef fait son entrée, intervient. « Ils sont anglais, Rey, pas sourds ni débiles. » Il conduit les touristes dans son bureau d'où on l'entend bientôt faire étalage de son anglais de sixième.

Giraud aperçoit par la fenêtre Marie et Hélène, matinales elles aussi, qui traversent la cour, portant des paniers, sans doute en route pour le marché. Les marques de l'âge n'ont encore rien enlevé à Marie de la fierté de son allure, lui ajoutant seulement un rien de raideur aristocratique dont il se demande si elle n'était pas là depuis le début. Élégante sans ostentation, comme toujours, experte à se vêtir avec chic avec les maigres moyens que lui donne la solde de son mari. Chignon serré, tailleur bleu marine et carré de soie, et bien sûr, pas une goutte de transpiration malgré la température qui monte déjà. Elle penche la tête vers sa fille et prononce quelques paroles. Hélène rit, la main devant la bouche, mimant l'incrédulité. Deux femmes désormais, complices.

Très légère brise

Je reste un moment immobile devant l'arbre que j'ai choisi, tenant la tronçonneuse au bout de mon bras, à l'écart de mon corps, comme on tient une petite bête méchante dont on craint les griffes.

Le feu a eu raison du pin depuis longtemps, à moins que ce ne soit la foudre. Ce n'est plus qu'un squelette, blanchi par le soleil et la pluie, encore paré de ses cônes éclatés mais qu'une tempête ou la pourriture n'auraient pas tardé à mettre à terre. Le long du tronc que leurs galeries ont miné, de longues fourmis agiles s'affairent sur leurs avenues.

Le moteur neuf démarre, après quelques ratés, et aussitôt le bruit prend possession du plateau désert, éteignant d'un coup l'appel des cigales, ricochant sur la façade grise des cirques de calcaire, poussant des tentacules jusque dans les chambres les plus reculées du château.

La lame neuve mord profondément dans le bois à moitié pourri, projetant sur mes mains une gerbe de sciure tiède et parfumée. Les fourmis alarmées se hâtent de mettre à l'abri leurs larves blanchâtres, sans panique, comme une troupe bien entraînée met en action un plan de sauvetage longuement répété.

Enfin l'arbre gémit, s'incline et s'abat au travers du chemin, dans un grand froissement de bois sec, en soulevant un nuage de poussière ocre. J'arrête l'engin. Mes oreilles sifflent. Je

regarde la poussière retomber lentement en essuyant avec ma manche la sueur qui me coule dans les yeux. L'air immobile sent la résine, le romarin froissé et l'huile de machine. Dans le lacis de l'herbe desséchée, la fumée bleuâtre et grasse s'étale, presque figée, jusqu'à ce qu'un léger souffle d'air la fasse dériver paresseusement.
Hormis par temps de chasse, les gens du pays ne risquent pas leurs rares voitures sur ces pistes éventrées par les orages. Désormais le seul accès plus ou moins carrossable leur est fermé. Pour qui ne connaît pas les raccourcis, c'étaient cinq kilomètres de piste dure, sans une ombre, à travers une garrigue épuisée par les incendies, saignée de sa terre par les pluies d'hiver, montrant partout ses os de pierre. Mais il y a parmi les milliers de touristes qui foncent en troupeaux vers les plages quelques originaux, des chercheurs de pays profond, de ceux qui aiment s'écarter de la foule.
Hier, une famille entière, débarquant d'une sorte d'ambulance militaire, un vrai véhicule d'invasion haut sur pattes, aménagé comme une roulotte, est venue se poser au pied du perron, avec ses nappes à carreaux et son transistor grésillant. Bien sûr ils n'ont pas manqué de fureter aux fenêtres, tâchant de percer l'ombre au travers des fentes entre les blocs de ciment, pendant qu'au premier étage je courais d'une ouverture à l'autre, pieds nus sur les carreaux froids, pour les observer. Les enfants se sont poursuivis sur les parterres envahis par le thym et les cistes. Ils ont fait rebondir leur ballon contre les persiennes, éveillant des échos dans les salons et pour finir ont lancé des pierres dans le bassin des tritons.
Lui, ni gros ni maigre, vaguement blond et bientôt chauve, de gros yeux bleus de myope, ôtant sa chemise pour travailler son hâle, exhibant un torse mou ombré d'une toison rosâtre. Elle, une rousse à forte poitrine, à la peau d'un blanc laiteux,

de celles qui bleuissent au moindre choc et que le soleil brûle en un quart d'heure. L'homme lui a murmuré dans le cou des choses qui l'ont fait glousser, et tous les deux ont coulé des regards pleins de regret vers les enfants.
C'est alors qu'un des garçons est revenu de la fontaine en hurlant, exhibant un index rouge et enflé. Une guêpe l'a piqué ou peut-être une de ces punaises plates aux yeux rouges qui pourchassent les têtards dans l'eau verte du bassin de pierre. Le père a couru vers le fourgon pendant que la mère tâchait de consoler son rejeton en le berçant de mots étrangers. L'homme est revenu, stupide, les mains vides, et tout le monde a levé le camp, sans doute pour se mettre en quête d'une pharmacie. J'ai effacé leurs traces avec soin, enterré loin du château leurs papiers gras et leurs mégots.

Les fourmis ont cessé de se hâter. Dans leur monde aussi, un ordre nouveau a remplacé l'ancien qu'elles ont sans doute déjà oublié. Une cigale lance un son hésitant, puis un autre plus ferme, et peu à peu le chœur strident reprend sa cadence. La tronçonneuse m'est devenue inutile, je la jette dans un fourré.

Giraud

Le second enterrement de Louis Lefebvre n'a pas attiré la foule. Pas de fleurs, pas de notables, pas de curé autour de la pompeuse dalle de granit noir payée par la société d'import-export. Keller, que Giraud a envoyé en observateur, n'y a vu que deux des employés de l'entreprise, un peu déroutés par l'absence de cérémonie, se donnant un air grave faute de mieux, la vieille cuisinière, apparemment ravie d'avoir pu remettre aussi vite son tailleur noir et son chapeau de paille à voilette, et bien sûr les hommes des pompes funèbres qui avaient enfilé des bleus de travail par-dessus leurs costumes et qui causaient entre eux en tirant sur leurs cigarettes comme de simples déménageurs, dans l'air encore frais du petit matin. Le plus âgé, un pince-sans-rire comme il se doit, a soufflé au gendarme :

— Des clients comme ça, on en redemande. Remarquez que depuis trente ans que je fais ce boulot, ça m'était jamais arrivé de descendre trois fois dans un caveau pour le même bonhomme.

— Trois fois ?

— Ben, il a bien fallu retourner chercher le cercueil. On allait quand même pas lui en vendre un deuxième. Il faut pas abuser, si on veut conserver la clientèle.

— Et le cercueil, dans quel état vous l'avez trouvé ?

— Impeccable, prêt à resservir. Dévissé proprement, sans une rayure. Les types qui ont fait ça respectent le beau matériel.

Vous savez combien ça va chercher, une caisse comme ça ? Aussi, ils avaient la place de se retourner : six places et une seule caisse. Mets pas tant d'eau, tu vas le noyer, ce mortier ! Excusez-moi. C'est pas facile de trouver des apprentis valables. Celui-là, il a deux mains gauches.

— D'après vous, c'était faisable, pour un homme seul, de voler le corps ?

L'homme a réfléchi avant de répondre, consultant ses collègues du regard, comme un professionnel à qui on pose une question de métier et qui ne veut pas répondre à la légère.

— Ça me paraît pas impossible, si le type est vraiment costaud. Mais il faut quand même qu'il arrive jusqu'ici avec au moins une voiture. C'est pas si simple. Il a fallu des outils, du mortier pour refermer. Et la nuit, la grille est fermée.

Keller a pu rattraper la cuisinière au moment où elle franchissait les grilles. En écoutant ses doléances – il est à peu près certain que la société va cesser de l'employer, peut-être même va-t-elle vendre la maison – il a pu obtenir qu'elle lui donne le nom de la maîtresse attitrée de Lefebvre, tout en se récriant sur le mot.

— M. Lefebvre, il n'avait pas de maîtresses, c'était un homme bien trop sérieux pour ces bêtises. C'étaient des femmes qu'il payait, voilà tout. D'ailleurs, celle-là, c'était presque une rente qu'il lui versait.

— Qu'est-ce que vous en savez ?

— Il n'en faisait pas mystère. Pour lui, c'était un besoin comme un autre, vous me comprenez j'espère, et il trouvait normal de payer pour le satisfaire. Eh oui, les hommes c'est comme ça, même vieux, ça les travaille encore. En attendant, ça lui coûtait plus cher que ma cuisine, c'est sûr !

Giraud interrompt le récit de Keller.

— Tu as eu le temps de parler au gardien du cimetière ?

— Oui. Il m'a montré qu'il y a deux entrées annexes, dont une qui donne sur une petite rue tranquille et qui doit être complètement déserte la nuit. Le cadenas et la chaîne étaient intacts mais quand je lui ai demandé d'ouvrir, il s'est aperçu que le cadenas avait été changé. Les types ont dû passer par là.
— La maîtresse de Lefebvre, tu l'as vue ?
— Oui. Je l'ai trouvée facilement, son adresse était dans l'annuaire. J'ai téléphoné vers midi, et je crois bien l'avoir réveillée. Jensen Katia, trente-quatre ans, exerçant officiellement la profession de comédienne. Je n'ai pas essayé d'avoir des détails sur ses derniers engagements, ça doit remonter assez loin.
Keller essaie d'avoir un ton professionnel en rapportant à Giraud son entretien avec cette fille mais il laisse traîner des demi-sourires, une espèce d'indulgence dans le ton qui laisse penser à son chef que la demoiselle ne l'a pas laissé indifférent.
— Grande, blonde, bien faite, pas vulgaire. Un peu le genre hippie, mais chic. Vous voyez, foulard, colliers, patchouli. Juste ce qu'il faut pour titiller le bourgeois. Un peu comme son appartement : il y a des bâtonnets d'encens et des statuettes orientales, mais les commodes, c'est du Louis-Philippe. Les photos d'ancêtres, que ce soient les photos des siens, j'en doute un peu. Je pense que Lefebvre pouvait la montrer sans rougir dans les dîners d'affaires. Pas non plus le modèle des veuves éplorées. Je crois qu'elle était plutôt reconnaissante au bonhomme de ne pas avoir cassé sa pipe dans ses bras. C'est ça qui aurait été mauvais pour son petit commerce à elle.
— Tu dirais que c'est une professionnelle ?
— Je crois plutôt qu'elle travaille à la marge, un numéro de téléphone que se repassent des messieurs qui ont de quoi payer. C'est Lefebvre qui payait son loyer, en tout cas. Il lui

donnait un peu d'argent de poche aussi, mais elle m'a laissé entendre qu'il la laissait libre de compléter ses revenus.

— Pas jaloux, donc.

— Ni jaloux ni fidèle. Il voyageait pas mal pour son travail, y compris en Amérique du Sud de temps en temps, l'Argentine, je crois, où il achetait du cuir. Elle avait toujours peur qu'il lui ramène une cochonnerie. Alors, elle prenait ses précautions. Pas très bavard non plus. Je lui ai demandé s'il faisait souvent allusion à son passé. L'Amérique du Sud, tout ça. C'est plutôt romantique, non, pendant les dîners aux chandelles ?

— Et alors ?

— Rien du tout. Quand il parlait, c'était de ses succès en affaires ou pour dire du mal de ses concurrents. La seule chose qu'il ait jamais dite sur son passé c'est que ses parents sont morts jeunes, et qu'il a dû se tailler son chemin dans la vie sans aucune aide.

— Des goûts spéciaux ?

— Pas plus cochon que la plupart des hommes. C'est ce que dit la donzelle. Je pense qu'elle en connaît un bout là-dessus. Si vous voulez, je peux m'informer auprès des collègues de Carpentras sur ses antécédents.

— Non, laisse tomber ça pour le moment. Tu as essayé de lui parler de la Résistance, du maquis ?

— Oui, chef, comme aux autres. Elle m'a répondu la même chose. Elle ne se souvient pas de l'avoir entendu aborder le sujet. Elle suppose qu'il était en Amérique du Sud à cette époque-là, et qu'il a vu les événements de loin.

— Tu as mis tout ça par écrit ?

— Oui. Mais je vous ai fait juste un résumé. La demoiselle est plutôt bavarde. Et elle m'a même fait boire du thé au jasmin. Qu'est-ce qu'on ferait pas pour le service !

Giraud se demande jusqu'où Keller aurait été prêt à faire don de sa personne dans l'intérêt dudit service et prend note d'éviter à l'avenir de confier à un jeune célibataire ce genre de missions.

— Écoute, je voudrais que tu t'occupes de quelque chose d'autre. Essaie de téléphoner à l'ambassade de France en Uruguay, ou au consulat, enfin tu devrais trouver ça, je te fais confiance. Essaie de savoir un peu ce que Lefebvre trafiquait là-bas. Je sais que c'est pas évident de faire ça à distance, mais un homme riche, ça laisse des traces.

Légère brise

Au dernier étage du château, juste au-dessous du grenier, se trouvent les chambres où les domestiques étaient logés, de petites cellules presque identiques, certaines simplement passées à la chaux, d'autres, peut-être occupées plus longtemps, tapissées de papiers peints bon marché. Faute de butin à piller, elles sont restées à peu près intactes mais les plafonds qui se délitent les ont jonchées de plâtras. Dans l'une d'elles, j'ai dérangé toute une compagnie de pigeons qui avaient niché là et qui ont pris leur envol par la fenêtre ouverte dans un grand bruit de soie, laissant l'air empli de duvet voltigeant. J'ai choisi pour dormir la plus humble, car il me semblait que je pouvais y entrer sans troubler sa méditation. Située à l'angle sud-est de la bâtisse, c'est un poste idéal pour observer les alentours. J'y ai posé les quelques affaires que je m'autorise, rien qui ne puisse être roulé en ballot et emporté en quelques secondes, et bien sûr, les quelques livres qui m'ont suivi dans toutes mes batailles, usés et couturés comme moi.

Sur la petite fenêtre en losange, les volets de bois plein sont restés à leur place, criblés de trous par les attaques des éléments et des insectes. Aussi, au plus clair du jour, une pénombre tiède y règne, percée de minces fuseaux de soleil où tournoient les grains de poussière. À mesure que passent les heures, ces aiguilles de lumière parcourent la pièce, désignant à tour de rôle chaque rose fanée du papier peint, puis les hexagones de

terre cuite du sol et puis les roses de nouveau. Des constellations s'y dessinent, dérivant lentement. Qu'un nuage passe, et la cellule se détache de l'univers, s'isole du temps. Cette nuit, les doigts impalpables de la lune s'y promènent, et ce sont d'autres heures qui s'écoulent, plus insaisissables.
Je pousse les volets qui s'ouvrent en grinçant et m'accoude à la fenêtre. Au-dessous de moi, le parc invisible vibre de tous ses grillons et des frôlements des aiguilles de pin. La brise tiède m'apporte des sons lointains, un aboiement de chien, le bruit de guêpe furieuse d'un cyclomoteur qui n'en finit pas de s'éloigner et aussi la chaleur que les pierres rendent à la nuit. Rien ne me parvient que ce grand calme, et pourtant au village les esprits doivent déjà commencer à s'agiter. Je l'ai vérifié : ils ont trouvé ma première offrande. Les autres vont suivre.

Giraud

Première journée du grand week-end du 15 août, pour Giraud et les autres, et de l'hécatombe attendue. Elle commence tôt. Même ici, à l'écart des grands axes, les accidents se succèdent, la grande foule en migration paie son tribut de sang. À trois heures du matin, DS contre platane, en pleine ligne droite. Compteur bloqué à cent vingt. Deux morts à extirper de la bouillie de tôles. Le type a dû s'endormir. C'est dommage, ils étaient presque arrivés à voir se lever le soleil du midi, au bout de leur traversée sans escale de la Manche à la Méditerranée. On a bien failli ne pas trouver l'enfant, éjecté à vingt mètres. Il vivra.

Vers sept heures une accalmie. Giraud remonte chez lui pour se raser, boire un café, peut-être dormir une heure. Il rencontre Hélène qui dévale l'escalier, légère sur ses talons plats. Il y a encore de l'enfance dans sa façon de sauter une marche sur deux. Elle porte à la main un petit sac de voyage.

— Tu es bien matinale, hasarde-t-il en l'embrassant, pour questionner sans en avoir l'air.

Hélène, en équilibre sur une marche, hésite. Giraud se tend un peu. Depuis leur rencontre sur la place, bien qu'ils n'aient pas évoqué le sujet de la lettre et malgré les paroles anodines qu'ils échangent chaque jour, une nouvelle couche de silence s'est déposée entre eux. Des phrases que personne ne dit mais qui restent suspendues en l'air. C'est la paix, mais une paix armée.

— Eh bien j'étais prête. Je me suis dit que je pourrais prendre le car de sept heures et quart et être à la Mad' pour huit heures. Tu sais, je vais passer le week-end chez Catherine, enfin je veux dire chez tante Odette.
Giraud traduit pour lui-même, car Hélène évite les mots qui fâchent. La Mad' c'est pour la Madeleine, pas la grande brasserie mais l'église d'Aix, celle-là même où Pierre Giraud et Marie-Bénédicte Laumônier se sont mariés dix-huit ans plus tôt. Huit heures c'est le premier office, celui des petites vieilles insomniaques. Hélène veut sans doute prendre une messe d'avance, car à Lorgues, chez la sœur de Giraud, mariée à un instituteur communiste et bouffeur de curés notoire, pas question de s'adonner à l'opium du peuple. En temps ordinaire le sujet est sensible, mais dans les circonstances actuelles, Giraud se sent plutôt rassuré. Pourtant, il ne peut pas s'empêcher de persifler un peu, pour la forme.
— Alors, dépêche-toi, si tu rates le car, tu vas arriver après l'élévation.
Dans la cuisine, Marie s'affaire déjà aux fourneaux. Vincent, en pyjama, se frotte les yeux devant son bol de chocolat. Giraud ébouriffe les cheveux de son fils, ne peut s'empêcher de remarquer qu'il les a soigneusement ramenés derrière ses oreilles pour en cacher la longueur. Il s'entend presque dire : « Dis donc, il est parti en vacances, ton coiffeur ? » Mais justement, c'est ça, il s'entend le dire et ça ne lui plaît pas. Marie lui tend une joue déjà fardée.
— La nuit a été difficile ?
— Assez, mais ce n'est pas fini. Il reste du café ?
— Un peu, mais il est d'hier. Veux-tu que j'en refasse ?
— Si ça ne t'ennuie pas. J'en ai besoin.
Dans la salle de bains, face au miroir qui lui renvoie ses traits tirés et sa barbe naissante, Giraud s'interroge encore une fois.

Il voudrait pouvoir partager son inquiétude avec Marie. Il essaie mentalement des entrées en matière. « Tu sais, j'ai vu Hélène au guichet de la poste restante ce matin. Tu es au courant d'une amourette ? » Ou plus brutale : « Sais-tu que notre Hélène, élevée chez les sœurs, cheftaine de louveteaux, entretient une correspondance avec un repris de justice, un malfaiteur, un taulard ? » Que répondrait-elle à ça ? Pour lui, ce qui arrive est le résultat de l'éducation que Marie a donnée à leurs enfants, même si une part de lui-même lui souffle qu'il est injuste, qu'il n'a jamais tenté de s'opposer à ses choix. L'école qu'on dit libre depuis la petite enfance, et les sorties des scouts pour seuls loisirs. Gardons-les sur le droit chemin en les laissant dans l'ignorance de tout ce qui pourrait les en faire dévier, laissons-les croire qu'il n'y a d'autre mal au monde que quelques mensonges véniels ou le chapardage de confitures, et tant pis s'il faut en passer par les fables puériles des curés. Aime ton prochain comme toi-même, pardonne les offenses, tends la main à celui qui est tombé.
La colère et le manque de sommeil le font trembler un peu. Il se coupe en se rasant, marmonne quelques jurons.
— J'ai croisé Hélène, lance-t-il par la porte entrouverte. J'avais oublié qu'elle allait chez Odette. Elle m'a dit qu'elle allait à la messe à la Madeleine. Elle aurait pu aller avec toi à Saint-Nicolas.
— Je compte aller à la grand-messe de dix heures, avec Vincent. Tu sais bien que c'est le 15 août aujourd'hui.
— Ah, oui, l'Ascension, se trompe Giraud, exprès.
— L'Assomption, corrige Marie, d'un ton plus sec.
L'interphone qui relie l'appartement au local du planton fait entendre son sifflet discordant, interrompant ce qui ressemble bien à l'éternel début de dispute. Giraud se précipite vers l'appareil, encore à moitié habillé.

— Chef, on a encore un problème à Fontfrède. Cette fois c'est du sérieux.
— Qu'est-ce qui s'est passé ?
On sent que Danjou, le planton, hésite à continuer. Il sait qu'on entend ses paroles dans tout l'appartement.
— Il vaut mieux que vous descendiez, chef.
— J'arrive.
Marie a posé près de lui sur la tablette du téléphone le bol fumant. Il finit de nouer sa cravate, boit une gorgée brûlante, renonce à regret au café. Il débouche dans la cour juste à temps pour voir partir la 403 de Mercier, suivie d'une Estafette, toutes sirènes dehors.
Keller vient à sa rencontre.
— Apparemment, une femme a été assassinée. Cette fois, elle est du village. Trouvée morte chez elle, ligotée et égorgée. Après l'histoire de l'autre jour, vous imaginez l'ambiance, là-haut.
— Il reste du monde ici ?
— Monnier et Guyomarc'h sont sur un accident sur la route d'Entraigues. Un véhicule dans le fossé, vide, sûrement volé. Ils seront bientôt de retour. Il reste Rey et Danjou, c'est tout. À moins de compter sur Faucher.
— Ça suffira. On monte avec ma voiture.
Tout le monde arrive à peu près en même temps à Fontfrède. Les pompiers sont là aussi. La liturgie de la catastrophe est en place. Gyrophares, couleurs tranchées des uniformes et des véhicules ont changé en quelques instants le village de carte postale en scène de tragédie. La rue étroite est déjà pleine de monde et les villageois continuent à accourir. Pourtant, le silence est presque complet. Sur une chaise de paille que quelqu'un a posée, incongrue, sur la chaussée, une femme sanglote. Une autre lui tend un verre d'alcool qu'elle ne voit pas.

Mercier élève la voix.
— Que ceux qui ont vu quelque chose restent ici. Les autres, vous pouvez rentrer chez vous, on n'est pas au spectacle.
Personne ne fait un geste pour obéir. Il y a dans l'air trop de colère. Mercier fait mine de ne pas voir les visages fermés, les poings qui se serrent. Il entraîne le médecin des pompiers à l'intérieur. La porte d'entrée, vitrée, est restée ouverte, ainsi que le lourd volet de bois qui la double. On aperçoit un bout de cuisine plongée dans l'ombre, l'angle d'un buffet aux formes lourdes, le carrelage de ciment qui dessine des étoiles en camaïeu de gris. Giraud fait signe aux plus curieux de reculer et le premier rang cède un mètre.
Mercier ressort. Ses joues rubicondes ont un peu perdu de leur couleur.
— Giraud, je veux que vous fassiez fermer la rue, ensuite commencez à interroger les témoins. On ne va rien toucher ici avant l'arrivée de l'équipe scientifique. Il paraît que maintenant on en a une, alors autant qu'elle serve à quelque chose. Je vais appeler Aix, et le procureur.
Puis il se ravise :
— Vous pouvez jeter un coup d'œil, Giraud.
Celui-ci franchit la porte. L'intérieur est sombre, éclairé seulement par la porte ouverte. La petite fenêtre qui donne sur la rue est fermée par un volet. La pièce aux voûtes recouvertes de plâtre est fraîche comme une crypte. Une légère odeur de moisi et celle, douceâtre et écœurante, du sang. Le médecin des pompiers, un homme athlétique à la forte moustache grise, ôte ses gants en caoutchouc et les jette dans sa trousse. Il ironise :
— Vous avez encore besoin que je prononce le décès ?
La femme est assise devant la table, vêtue d'un peignoir en éponge bleu pâle, comme assoupie, mais dans une position

peu naturelle. Ses poignets sont attachés aux accoudoirs du fauteuil en paille par plusieurs tours d'un large ruban adhésif noir, le même qui a servi à la bâillonner. Son torse est penché vers l'avant et son menton repose sur sa poitrine, aussi la blessure est-elle peu visible. Le sang a inondé ses vêtements, a traversé l'assise du siège et s'est répandu à terre, entre ses pieds chaussés de pantoufles. Giraud se dit que le fauteuil n'est pas à sa place habituelle, car il est trop bas pour la table. Une chaise a été déplacée pour qu'on puisse le pousser là, elle est restée tout près, tournée vers la femme morte, comme pour une conversation intime. Au premier regard, il n'y a pas de trace de lutte. Chaque chose semble être à sa place dans la pièce surchargée de meubles, une vaisselle de solitaire sur le bord de l'évier, des bibelots posés sur chaque surface disponible, des choses bon marché comme on en gagne dans les kermesses.

Plus tard dans la journée, Giraud se fait prêter par la mairie le petit bureau du cadastre où il reçoit un à un les habitants de la rue, et tous ceux qui veulent bien se présenter. Guyomarc'h, assis dans un coin, prend des notes comme il peut. Giraud lui a demandé de ne pas interrompre. Peu à peu se dessine un portrait de la femme morte, qui maintenant a un nom, Augustine Bouchard, soixante et un ans, que tout le monde ici appelle Tine. On ne connaît pas d'ennemis à Tine, pas non plus vraiment d'amis, on dirait. Elle est née dans le village qu'elle n'a jamais quitté, d'une famille de paysans, mais elle a toujours refusé ce qu'elle appelait un métier d'esclave.

— C'est pour ça qu'elle ne s'est pas mariée. Il y en a deux ou trois qui l'ont demandée, parce qu'elle était gironde dans le temps, mais elle les a tous refusés. Elle attendait peut-être le prince charmant, ou au moins un fils de notaire. À viser trop haut, elle s'est retrouvée vieille fille.

Certains, comme la boulangère, parlent encore d'elle au présent, racontent qu'elle aide la cuisinière à la cantine de l'école, et qu'elle fait régner le silence parmi les dix marmots que leurs mères ne peuvent reprendre à midi, celles qui travaillent à l'usine de conserves, à Pallières. Les enfants craignent sa voix aigre et sa cuillère de bois qui s'abat sur la table au moindre signe de désordre. Dans son dos, ils l'appellent « la sorcière ».

— Vous savez si elle avait de l'argent ?

— C'est drôle que vous demandiez ça. Il y en a qui disent qu'elle a un bas de laine caché quelque part. Et pourtant personne ne l'a jamais vue dépenser un sou de trop.

— Et d'après vous ça vient d'où, cette histoire d'argent caché ?

— Oh, moi, ce que j'en dis, c'est ce qui se répète. Son magot, je l'ai jamais vu mais ça se disait. Et elle laissait dire, avec un petit sourire en coin, en rouspétant quand même : « Et tu crois que si j'avais des sous je resterais dans ce trou perdu ? » Je crois que ça la flattait un peu qu'on croie qu'elle était riche. C'est sûr qu'elle gagnait pas gros à la mairie, mais elle payait pas son manger et la maison était à elle, alors elle devait faire des économies.

Enfin la voisine qui a découvert le corps se présente, soutenue par la femme au verre d'eau. Ses larmes ont cessé mais elle est encore hagarde. Giraud ne l'interroge pas tout de suite sur la découverte du corps, de crainte qu'elle ne s'effondre de nouveau. Il lui dit simplement :

— Mademoiselle Bouchard était votre amie ?

La femme reste un instant interdite, puis comprend que c'est de Tine qu'on lui parle. Elle secoue la tête, puis répond d'une voix éteinte.

— Non, pas plus que ça. J'habite juste la porte à côté, depuis deux ans. Je suis de Lourmarin et mon mari est aixois, autant

dire qu'on est des étrangers. On se disait bonjour, quatre mots par-ci par-là.
L'autre femme intervient, Giraud la laisse faire.
— C'était pas facile de discuter avec Tine, étranger ou pas.
— Pourquoi ?
Elle se tourne vers sa compagne comme pour la prendre à témoin qu'elle ne veut pas médire d'une disparue.
— Elle aimait bien tout savoir sur tout le monde, vous voyez. Elle questionnait beaucoup mais d'elle-même elle ne disait rien. En fait, les gens la craignaient un peu.
— Et ce matin ?
— Elle n'avait pas ouvert ses volets. C'était bizarre. Vous savez, les maisons de ce quartier sont construites contre le rocher, alors elles sont humides, surtout en été. Quand il fait sec dehors, ça remonte dans les murs. D'habitude, elle se levait tôt et laissait sa fenêtre ouverte toute la journée pour aérer. Alors, j'ai appelé : « Tine ! Vous êtes là ? » et puis j'ai vu que le volet en bois était seulement poussé. J'ai frappé et je suis entrée. Et c'est là que je l'ai trouvée.
Ses dernières paroles s'étranglent dans un sanglot. L'autre lui tapote la main.
— Cette nuit vous n'avez rien entendu ?
— Non, rien.
— Vous savez, ajoute encore l'amie secourable, les murs font au moins un mètre d'épaisseur, alors là-dedans, on pourrait tirer des coups de fusil.
Puis comme Giraud ne questionne plus :
— Si vous avez fini, monsieur, je vais la ramener chez moi et la mettre au lit avec un cachet. Ma fille n'est pas là, je vais lui donner sa chambre.
— Bien sûr, faites. Il faudra peut-être qu'on lui reparle, mais plus tard.

Vers le soir, Giraud fait une pause, sous le platane de la place, fumant une des trois cigarettes qu'il s'autorise chaque jour, depuis que le toubib l'a mis en demeure d'arrêter, quand Keller vient annoncer :
— L'équipe scientifique est arrivée. Deux types en civil avec des valises. Ils se sont mis au travail. Si ça ne vous dérange pas, j'aimerais bien rester pour voir comment ils s'y prennent.
— Comme tu veux. Tu en profiteras pour leur souffler de sonder les murs, la victime pourrait avoir un magot caché quelque part.
— On va aussi nous envoyer des renforts. Toute une équipe de la brigade des recherches d'Aix, avec un capitaine à leur tête.
— Ah ! un capitaine de la ville ! Eh bien, Keller, on ne refuse pas un coup de main, pas vrai ?

Jolie brise

Dans les dernières années du XIXᵉ siècle, le travail patient des jardiniers avait réussi à faire de ce vallon aride une manière de parc. C'est la source, bien qu'elle soit mince et capricieuse, qui avait fait élire ce lieu par son propriétaire, un enfant du pays, pour prendre terre et tenter d'anoblir une fortune trop rapidement venue. De la volonté de cet homme, embarqué à Marseille comme simple matelot, puis enrichi à millions dans un Orient presque irréel, était sortie cette demeure à la majesté un rien factice, copie un peu lourde, un peu trop ornée, d'une bastide aixoise du Grand Siècle. Les fautes de goût n'y manquaient pas, mais les notables d'alors, reçus avec largesse, feignaient sans doute de ne pas les remarquer, privés de leur acuité visuelle par l'éblouissante fortune du bonhomme. Celle-ci atteignit son sommet lors du mariage qui unit le fils unique du négociant à l'ultime et frêle rameau d'une des familles nobles de la région, qui faisait flotter ses armoiries, de sable au lion léopardé d'argent, sur une forteresse millénaire mais proche de la ruine et se vantait d'un arbre généalogique enraciné dans des époques légendaires. L'héritier Jausseran put ainsi sur ses cartes de visite accoler à son patronyme le nom antique de son épouse. Les nobles authentiques en ricanèrent, tout en se mordant les doigts de ne pas avoir été les premiers à vendre leur fille à ce Monte-Cristo. Dans les années qui suivirent cette union, les affaires du père, qui pensait pouvoir user dans la métropole des façons commerciales expéditives auxquelles il était accoutumé outre-mer, tournèrent rapidement au désastre. Le nombreux personnel que nécessitaient la vaste demeure et son parc se réduisit chaque mois davantage tandis que les marques d'abandon se faisaient de plus en plus nombreuses. La Grande Guerre vit encore le dernier du nom s'illustrer comme officier de cavalerie puis se retirer sur ses terres et pour y vivre petitement de sa pension militaire et des épaves de la fortune amassée par son grand-père.

Aujourd'hui, seul un œil attentif peut apercevoir le fantôme des allées sablées sous la toison rude des cistes et des genêts d'Espagne. Plusieurs générations de plantes indigènes, sobres et coriaces, se sont succédé à l'assaut des massifs tandis que les espèces cultivées étaient anéanties par les étés arides et les hivers glacials, ou survivaient en échangeant leurs atours factices contre l'humble vêture de leur ancêtre sauvage.

Comme le désordre gagne immanquablement sur l'ordre, ou plutôt comme s'installe un ordre de nature plus subtile, la garrigue a pris possession du parc. Mais celui-ci n'a pas complètement disparu. Il s'est seulement dissous, ensauvagé, parvenant finalement à gagner en se dépouillant une parcelle de noblesse véritable.

La femme qu'on nommait Tine est morte cette nuit. Les choses se sont plutôt bien passées. Il n'y a pas eu de lutte, pas de cris. Je m'attendais à ce qu'au moins elle ait gardé un reste de la beauté un peu crapuleuse qu'elle possédait jadis, ce qui m'aurait peut-être rendu les choses un peu plus difficiles, mais avec les années toute la laideur de son être était venue s'étaler à la surface de sa personne. Je lui ai fait la lecture, cultivant la colère qui montait en moi et dont j'avais besoin pour accomplir le geste. Je n'ai jamais trouvé aucun plaisir dans l'acte de tuer, bien que j'en aie fait mon métier. Je n'ai jamais reculé non plus. J'ai vu dans son regard qu'elle ne voulait pas comprendre, qu'elle ne voyait pas quelle place était la sienne dans l'histoire que je lui lisais. Il a fallu que je lui montre la photo pour voir dans ses yeux qu'elle avait enfin réalisé pourquoi j'étais là, pour que sa peur prenne enfin un sens. À la fin j'étais si fatigué que ma voix n'était plus qu'un murmure, mais ma colère était intacte, lumineuse et brûlante comme une flamme. Je lui ai encore dit : « Ce sont vos mains, des mains de femme si fortes alors, qui tenaient ses poignets frêles pendant que les hommes lui faisaient ces choses ». Je lui ai dit à l'oreille de fermer les yeux et de sentir encore les os si minces à travers la chair, d'entendre sa voix qui suppliait, je lui ai dit que tout cela était encore dans mes rêves nuit après nuit, que pendant toutes ces années les cris n'avaient pas cessé de retentir dans mon esprit comme dans le sien mais que désormais le silence allait venir.

Giraud

La gendarmerie de Pallières est installée dans un ancien hôtel particulier, historique, majestueux mais pas fonctionnel pour deux sous. Au fil des années, on y a taillé tant bien que mal bureaux et appartements, cloisonnant au gré des besoins. Dans les pièces à hauts plafonds des étages nobles, pour loger les familles, on a installé des mezzanines où la tête frôle les gypseries des plafonds. La cour sablée où tournaient les carrosses est devenue un parking, les vastes écuries un garage. C'est le domaine de Faucher, le gendarme qui sert de factotum à la brigade et qu'on ne voit que très rarement en uniforme. En une matinée seulement, Faucher a réussi, en déployant une énergie qu'on ne lui connaissait pas, à transformer en salle de réunion un des anciens salons qui servait jusque-là de débarras. Au moment où les hommes commencent à y entrer, le capitaine Deschamps s'est déjà installé derrière un bureau Louis XVI déniché Dieu sait où, trônant au centre d'un fer à cheval de tables que Faucher a dû emprunter à une école voisine. Il ne manque plus que les cartes murales pour compléter l'ambiance d'état-major en campagne, mais Giraud se dit que ça va venir.

Le maire de Fontfrède a dû faire jouer ses relations pour que l'enquête démarre ainsi tambour battant. Avec son uniforme bien coupé, son képi galonné posé près d'une pile bien nette de dossiers, Deschamps a tout du jeune officier promis, comme on dit, à un brillant avenir. Assis à sa droite, Mercier, le teint rougeaud d'ancien colonial amateur d'apéritifs anisés et la cravate un peu fripée, fait pauvre figure. Il y a là deux mondes qui se côtoient sans se mélanger, celui des sous-offs sortis du rang, aux galons durement gagnés, et celui des officiers de bonne famille, issus des grandes écoles, qui perpétuent l'esprit de la noblesse d'épée, ou du moins se l'imaginent, sans jamais vraiment se mêler à la piétaille. Du coup, Giraud repense à son mariage, au défi que Marie a lancé à sa propre famille en épousant, au grand dépit de son colonel de père, le simple sergent qui lui servait de chauffeur, entre deux campagnes coloniales. Pendant six mois, après avoir déposé l'officier à la porte de la caserne, il avait conduit presque chaque matin la jeune fille à l'université sans oser lui adresser un mot qui ne soit pas en rapport avec sa tâche, jetant de temps en temps dans le rétroviseur un coup d'œil qu'il croyait discret vers ce visage joli mais un peu pointu sous le béret de laine, qui évoquait pour lui un oiseau d'une espèce inconnue, exotique et élégante, un être fait d'une autre matière, d'une autre chair que la sienne. Il avait fait semblant de rire aux blagues salées de ses camarades de chambrée qui lui enviaient sa planque de chauffeur et son intimité supposée avec la fille du colon. Un matin, en la déposant, il avait eu l'audace de bredouiller une phrase filandreuse, où il était question de sa dernière semaine, de son prochain départ. Elle lui avait tendu la main, souriante mais réservée, lui avait souhaité bonne chance et lui avait tourné le dos, pour toujours, avait-il pensé alors. Mais, se ravisant, elle était revenue vers lui, avait planté ses yeux bleu foncé droit dans les siens.

— Le vendredi à cinq heures, j'ai mon cours de solfège au Conservatoire. Si tu viens, je le sècherai.

— Messieurs, commence Deschamps d'une voix claire avec juste ce qu'il faut de tranchant, j'ai été envoyé ici par mes supérieurs pour tâcher de vous assister dans cette enquête. J'ai conscience que certains peuvent ressentir ma présence comme une intrusion. Sachez que votre capacité à résoudre ces affaires n'est en aucun cas mise en doute. Toutefois, il y a eu des interventions en haut lieu pour que des moyens importants soient mis en œuvre. On nous demande des résultats rapides. Dans les jours qui vont venir, nous allons avoir tout le monde sur le dos : le procureur, le juge d'instruction, notre hiérarchie, l'opinion publique, quelques hommes politiques influents que je ne citerai pas et par-dessus le marché : la presse. La presse régionale pour le moment, mais ceci pourrait changer rapidement. Vous comprendrez qu'en plein marasme du mois d'août, une affaire comme celle-ci peut donner aux journalistes de quoi remplir des colonnes à l'infini.
Il laisse un temps de silence pour donner à chacun le loisir de se pénétrer de ses paroles. Mercier contemple ses ongles, l'air concentré. Guyomarc'h, qui n'ose pas fumer le premier, ronge les siens. Giraud se dit qu'avec sa haute silhouette et son profil aquilin, le capitaine fera merveille sur le petit écran.
— L'attitude que nous pouvons le moins nous permettre, c'est l'inaction. L'adjudant-chef Mercier et moi-même, nous nous chargerons de l'organisation de l'enquête et des rapports avec le juge et la presse. Le maréchal des logis-chef Giraud, qui connaît bien le terrain, sera libéré des tâches quotidiennes avec deux hommes qu'il choisira. Il peut bien sûr compter en plus sur l'aide du brigadier Hauterive et du gendarme Cantier qui ont l'expérience des enquêtes difficiles. Nous nous réunirons ici une fois par jour pour mettre au point notre stratégie. Nous allons d'abord examiner le rapport de l'équipe scientifique, puis les témoignages que nous avons

recueillis. D'autre part, j'ai ici les dossiers de tous les repris de justice actuellement en liberté qui résident dans votre secteur. Je vous demanderai d'étudier cette liste et de noter ce qui peut y manquer. Les personnes présentes sur cette liste seront interrogées et devront justifier de leur alibi pour la nuit du crime. Chef Giraud, je compte sur vous pour approfondir les interrogatoires des villageois. Insistez surtout pour savoir s'ils ont repéré des individus suspects les jours précédant le meurtre, nomades, marginaux, rôdeurs. N'oublions pas que la victime avait la réputation, justifiée ou non, d'avoir de l'argent. Le vol est le mobile le plus probable. Des remarques, Giraud ?

— Mon capitaine, d'après l'équipe scientifique, la maison n'a pas été fouillée. Et rien ne semble avoir disparu. Aucune trace de bas de laine caché.

— Les auteurs ont pu trouver le magot du premier coup, sous le matelas de la bonne femme, ou dans un bocal sur le haut de l'armoire. Ou bien ils ont été dérangés. Ou bien il n'y avait pas de magot. Après tout il n'y a qu'une rumeur à ce sujet. Ils ont essayé, échoué et supprimé le seul témoin. Le rapport dit qu'ils ont pénétré dans la maison par une lucarne du grenier. C'est assez typique de ce genre de crime.

— Le médecin légiste n'a pas relevé de traces de violences avant le meurtre. Des rôdeurs auraient au moins essayé de la faire parler.

— Cela a pu se passer de mille façons différentes. On peut jouer à faire des hypothèses jusqu'à demain, ça ne nous fera pas avancer. Pour le moment, nous n'avons pas assez d'éléments. Alors, on ramasse ce qu'on peut, on interroge, on vérifie. Quelque chose finira bien par sortir. Il est très important qu'on nous voie sur le terrain, c'est l'image de la Gendarmerie qui est en jeu.

En prononçant cette dernière phrase, Deschamps semble se redresser, grandir encore comme s'il était à lui tout seul l'image en question.
— Ce Félix Audiffren alias Gambette, par exemple, il me semble qu'on n'en ait pas tiré grand-chose lors de son interrogatoire. Je crois comprendre que c'est une sorte de vagabond sans revenu bien défini. Il se balade partout autour du village, il trouve des cadavres dans les collines. On ne sait pas de quoi il vit, ni même où il habite. Je me chargerai moi-même de l'interroger. Je veux le voir dans ce bureau avant ce soir.
Giraud lève la main encore une fois. Il n'est pas sûr malgré ses efforts de bien cacher l'agacement qui le gagne.
— Mon capitaine, si nous avons interrogé Gambette, c'est parce qu'il est témoin dans l'autre affaire de Fontfrède, celle du vol de cadavre. Qu'est-ce qu'on fait de ce côté-là ?
Le capitaine garde le silence un instant, fait mine de compulser ses papiers.
— J'ai lu votre rapport et celui de Keller à ce sujet. Excellents, je dois le dire, mais nous n'avons pas les moyens suffisants pour enquêter à fond sur cette affaire-là, en tout cas pas pour le moment. Je vous le redis : nous devons mettre en œuvre tous les moyens que nous avons pour résoudre au plus vite cette affaire d'assassinat. Jusqu'à preuve du contraire, notre hypothèse est qu'il s'agit d'un crime crapuleux. Que cette… violation de sépulture ait abouti au même endroit, ça peut très bien n'être qu'une coïncidence. De toute évidence cette Augustine Bouchard et ce Louis Lefebvre sont à des années-lumière l'un de l'autre.
Giraud sort de la réunion un peu écœuré. Dans l'escalier, il lâche à Mercier :

— Finalement, le mot d'ordre c'est : faisons n'importe quoi mais surtout faisons-le savoir. Le premier pauvre type qu'on trouvera fera l'affaire.
Mercier jette un coup d'œil aux alentours, se demandant visiblement si le capitaine ou ses hommes ne sont pas à portée d'oreille.
— Giraud, que ça vous plaise ou non, nous, on est là pour obéir. Si les huiles font des conneries, autant que ça leur retombe dessus. Cette histoire de macchabée dans la colline, c'est sûr que c'est bizarre, mais après tout, c'est moins grave qu'un assassinat.
— Parce que vous aussi vous croyez que les deux affaires ne vont pas ensemble ?
— En tout cas le capitaine n'y croit pas. Et c'est lui qui commande.
Mais Giraud ne lâche pas le morceau. Il s'enflamme et dans l'escalier monumental où les voix résonnent, l'adjudant lance autour de lui des regards de plus en plus inquiets.
— Enfin, quelqu'un déterre un macchabée à Carpentras. Il le dépose en pleine campagne à soixante-dix kilomètres de là, avec toute l'organisation que ça demande. Pas de traces, rien. Quinze jours après on coupe le cou à une vieille fille, sans rien lui voler. Là encore, personne n'a rien vu ni rien entendu. Ça fait beaucoup pour un village de cinq cents âmes où il ne se passe jamais rien, vous trouvez pas ? Je suis sûr qu'il s'agit d'une seule affaire même si pour le moment on nage.
— C'est bien possible, mais il faudrait trouver un lien entre les deux morts, et pour le moment on a un industriel sud-américain et une vieille fille qui n'est jamais sortie de son bled. Enfin, on en reparlera... À propos, Giraud, vous avez un poste de télé en couleur ?

Giraud regarde un instant l'adjudant d'un air interrogateur, puis il comprend que celui-ci pense à son passage probable aux informations régionales. Il essaie de ne pas sourire.
— Négatif, mon adjudant, ni en noir ni en couleur. Ma femme est contre. Elle dit que ça détourne les enfants de la lecture. Et que ça leur donne de mauvais exemples.
— Bon. Ça fait rien. Vous vous occuperez d'aller récupérer ce Gambette ?
— Je pensais laisser ça à Guyomarc'h. Avec un des types d'Aix. Si le bonhomme est reparti sur les routes, ils risquent de passer un moment à le chercher. Il a quatre ou cinq repaires, des baraques abandonnées, la plupart loin des villages. Il faut que je discute un peu avec le maire de Fontfrède, j'ai deux ou trois choses à lui demander.
Mercier pousse un soupir.
— Bon, je suppose qu'il n'y a pas moyen de l'éviter. Mais faites attention, là, vous avez intérêt à marcher sur des œufs. Astier, c'est une grosse légume. Vous êtes au courant ?
— J'en ai vaguement entendu parler.
— Ancien conseiller général, ancien député, héros de la Résistance. Il a gardé le bras long. Un coup de téléphone de lui en haut lieu et vous vous retrouvez en train de régler la circulation des pirogues au fin fond de la Guyane.
Au moment où ils pénètrent dans les bureaux, Keller les rejoint, visiblement excité, portant un bloc-notes couvert de gribouillages.
— Chef, j'ai eu la réponse de Montevideo. Le négociant a l'air d'avoir une histoire un peu compliquée. Ils avaient quelque part un dossier sur lui au consulat. Ils nous envoient des copies par la poste. Ça risque de prendre un moment, mais j'ai pu noter l'essentiel au téléphone.
Mercier regarde sa montre.

— Bon, il faut que je vous laisse. Je dois aller chez le juge d'instruction avec le capitaine. Ensuite nous devons rencontrer les journalistes. Vous me raconterez ça, hein.
Giraud hésite un instant à conseiller à l'adjudant-chef de changer de cravate, puis se dit qu'il n'en a peut-être pas d'autre. Il fait signe à Keller de le suivre dans son bureau.
— Assieds-toi et raconte-moi ce que tu as noté, en prenant ton temps.
— Voilà. Je crois que je suis tombé sur le type qu'il nous fallait au consulat de France, vous savez, le type indispensable comme il n'y en a qu'un seul par administration. Il a dû retourner les archives jour et nuit depuis que je l'ai appelé. Donc là-bas, dans les années 1950, Louis Lefebvre était assez connu. Comme patron d'une boîte de nuit : le Nouveau Montmartre, un machin plutôt huppé. Restaurant, dancing, music-hall. L'endroit était fréquenté par le gratin du coin, y compris par notre corps consulaire, ce qui expliquerait pourquoi l'employé en question est tellement au courant. On y trouvait tout ce qui peut rendre la vie moins monotone. D'après mon type, du légal et de l'illégal.
— Des femmes ?
— Bien sûr, mais ça c'était le côté légal. On y négociait aussi des armes, il y avait des stocks à écouler à l'époque, des stupéfiants, au détail et en gros, sans parler des tables de poker dans les arrière-salles. Lefebvre avait un associé, un Allemand qui se faisait appeler Bauer. Les rumeurs disaient que ce type aurait eu une bonne place au procès de Nuremberg, mais qu'il avait trouvé préférable de prendre la tangente. Les deux compères ont fait de bonnes affaires sans être inquiétés pendant quelques années, le temps de faire fructifier le capital. Et puis, en 57, Bauer se fait liquider au pied de son immeuble. Deux balles de petit calibre dans la tête, pas de bruit, pas de

témoins. Évidemment, on a parlé des services secrets israéliens. D'après le gars du consulat, ce n'est pas leur manière de faire. Ils auraient plutôt enlevé le type pour le juger chez eux. De toute façon l'enquête n'a rien donné. Toujours d'après notre type, Bauer devait en savoir long sur les petites habitudes et les trafics des uns et des autres, alors les flics locaux ne devaient pas avoir envie de chercher trop loin. C'est quelques mois après ça que Lefebvre a ramassé ses billes et quitté le pays.
— Eh ben, voilà pour le paisible négociant. Est-ce qu'on sait à quelle date ils ont commencé leur business ?
— Lefebvre et Bauer ont racheté la boîte qui périclitait en 1946. D'après le gars du consulat, il y avait pas mal de monde qui visitait l'Amérique du Sud à cette époque-là, et tous n'arrivaient pas les poches vides. Les deux types avaient du fric, chacun de son côté. Ils ont rénové l'endroit, fait venir des filles d'un peu partout. Ils se sont vite fait une clientèle.
— Et avant ça ?
— Avant ça, aucune trace de Lefebvre. Mais la même année, en 46, il demande le renouvellement de son passeport. Il paraît que Monsieur s'était fait voler son portefeuille. Sa demande était dans le dossier.
— Il a bien fallu qu'il produise des pièces officielles.
— Le gars du consulat dit que là-dessus, il sera quasiment impossible de trouver des traces. Lefebvre était encore nouveau dans le coin, il n'y avait pas de raison de le surveiller particulièrement. À son avis, un acte de naissance uruguayen, vrai ou faux, ça devait pouvoir se trouver avec quelques billets.
— Bon, on peut déjà remercier les bureaucrates de notre consulat d'avoir tenu leurs dossiers à jour. Tiens, donne-moi une cigarette, j'ai oublié les miennes.
Keller tend un paquet de Gauloises tout froissé. Giraud décide que celle-ci ne comptera pas.

— Chef, vous croyez que les gars qui ont liquidé Bauer auraient pu suivre Lefebvre jusqu'ici ?
— Pour l'emmener en balade une fois mort de sa belle mort ? Non, ça ne tient pas debout. Ils ont sûrement eu cent fois l'occasion de s'en occuper là-bas. Il reste la possibilité que Lefebvre ait lui-même éliminé son comparse. Mais ça n'explique rien non plus. Une vengeance de truands, ça n'attend pas trente ans. Une seule chose est sûre, on se retrouve une fois de plus dans les années de guerre, en tout cas juste après. Il faut vraiment que je parle à Astier. Commence à mettre tout ça en ordre par écrit. Je passe chez moi un moment, je dois annoncer à ma femme que les permissions sont reportées. Ensuite on monte à Fontfrède.

Giraud trouve Marie occupée à repasser ses chemises d'uniforme. C'est pour elle un point d'honneur de leur donner les plis règlementaires. Elle a posé auprès d'elle, sur le bahut, le poste de radio qui diffuse une chanson des années 1930, dont elle chantonne le refrain. Elle ne l'a pas entendu arriver. Depuis le minuscule hall d'entrée, il contemple un instant sa silhouette que le contre-jour dessine au travers de sa blouse légère. Il sent avec une certaine surprise monter en lui un accès de désir pour cette femme qui ne lui accorde plus que rarement ses faveurs, obsédée qu'elle est par la crainte d'une grossesse tardive. Quant à utiliser des moyens autres que l'abstinence, il n'en est même pas question. Giraud toussote pour l'avertir de sa présence.
— Tu es là ? Je ne t'avais pas entendu. Tu as déjeuné ?
— J'ai mangé un sandwich. On a dû s'occuper d'un carambolage au carrefour de Villebonne. Sept voitures. Il a fallu des heures pour tout régler et rétablir la circulation. Après il a fallu se taper une réunion avec le nouveau capitaine.

Marie baisse la radio, puis se ravise et l'éteint. Giraud décide de s'accorder une pause dans le vieux fauteuil de cuir.
— Il y a eu des blessés à Villebonne ?
— Deux ou trois, mais rien de très grave. Un type a eu une attaque, mais il devrait s'en tirer. Vincent est au travail sur ses maquettes ?
— Non, il est avec les scouts pour le week-end. Tu sais, ils font du débroussaillage du côté de Méounes. Ils se sont entassés dans la 4L de Michel et ce soir ils vont dormir sous la tente. Ils commencent déjà à rassembler de l'argent pour ce projet de voilier l'année prochaine. C'est l'oncle du petit Beaussier qui les emploie.
— D'habitude, ce sont les harkis qui font ce genre de travail.
— Peut-être que les scouts reviennent encore moins cher. De toute façon, ça ne fait pas de mal à Vincent de travailler au grand air avec ses copains, au lieu de s'enfermer dans sa chambre à longueur de journée avec ses livres et ses maquettes.
Giraud se rend compte encore une fois qu'il ne sait pas grand-chose des activités de son fils, ni de ses projets. Il se contente une fois par trimestre de signer ses bulletins scolaires, toujours excellents, d'ailleurs. S'il en tire quelque fierté, il ne le montre pas. C'est peut-être idiot, mais c'est comme ça qu'on l'a élevé.
Marie devine le cours de ses pensées.
— Tu sais qu'il a du mal à te parler. Mais ce que tu penses a beaucoup d'importance pour lui. Il faudrait que… je ne sais pas, que tu te rapproches de lui. Moi, je ne suis que sa mère après tout. Pour un garçon de son âge, une mère…
Est-ce à cause de cette atmosphère paisible d'après-midi, de l'heure inhabituelle ? Pour la première fois depuis longtemps il n'y a pas d'aigreur dans le ton de leurs répliques. Giraud se sent un peu honteux de ne trouver que les mauvaises raisons habituelles à son absence continuelle.

— C'est le boulot, tu sais bien. Pas d'horaires, les jours de repos qui tombent rarement quand il faut.
Marie étale un torchon humide sur une jambe de pantalon. La vapeur siffle sous le fer. Giraud reprend :
— J'avais envie de lui demander de m'aider à restaurer la barquette de mon père, au Pradet, avant qu'elle soit complètement pourrie. Maintenant, il est assez grand pour tenir un outil.
Marie lève la tête. Son visage s'éclaire un peu. Ils ont tous deux la même vision : père et fils côte à côte en train de poncer la vieille coque devant le cabanon familial, l'antique caisse à outils du grand-père exhumée de sa poussière.
— Mais justement, c'est ça que je suis venu te dire, il va falloir que je décale ma permission de quelques jours à cause de cette histoire de Fontfrède.
— Tu te rappelles que la rentrée a lieu le 15 septembre ?
— J'espère bien que ce sera fini d'ici là. On aura encore le temps d'y passer une semaine ou deux.
Le silence s'installe à nouveau. Marie pince dans un cintre le pantalon au pli impeccable, prend une autre chemise dans le panier. Sans plus réfléchir, Giraud se lance.
— Il y a encore une chose que je dois te dire. Quelque chose qui me tracasse, à propos d'Hélène.
Marie pose son fer, soudain inquiète. Sur ce qui le tracasse, Giraud ne dit jamais un mot et l'éducation des enfants, c'est elle qui s'en est toujours chargée.
— Elle reçoit du courrier par la poste restante. J'ai découvert ça par hasard.
— Eh bien, qu'est-ce que ça a d'inquiétant ?
— C'est comme ça qu'on fait quand on ne veut pas que le courrier arrive dans sa propre boîte aux lettres, quand on veut le garder secret.

— Mais enfin, Pierre, que ça nous plaise ou non, Hélène a grandi. Elle a dix-sept ans, et à son âge, on tombe amoureux. C'est assez normal qu'elle veuille éviter que ses parents s'en mêlent.
— Bien sûr. Mais il y a autre chose. Est-ce que tu sais d'où viennent les lettres qu'elle reçoit ? Elles viennent des Baumettes. De la prison de Marseille.
Marie reste un instant silencieuse, les lèvres serrées. Quand elle reprend la parole, sa voix siffle un peu.
— Et ça aussi tu l'as appris par hasard, ou bien tu es allé fouiller dans ses affaires ?
— Tu crois que je ferais ça ?
— Pourquoi pas ? Après tout, enquêter, c'est ton métier, non ? Alors écoute : tu l'ignores peut-être, mais Hélène fait partie d'une association qui vient en aide aux détenus. Ils leur envoient des colis, des petits cadeaux, ils leur écrivent. Juste pour leur faire savoir que dehors, il y a encore des gens qui les considèrent comme des êtres humains, pas seulement comme des bêtes sauvages dont il faut se débarrasser. Voilà pourquoi Hélène correspond avec un prisonnier.
Giraud s'est levé. Maintenant les deux époux sont face à face. Le moment de grâce est déjà loin.
— J'étais au courant de ça. Mais figure-toi que je me suis aussi renseigné sur leur fonctionnement. Ils sont peut-être pleins de charité chrétienne, mais ils prennent quand même quelques précautions. Les lettres qu'ils écrivent ne sont signées que de prénoms, et aucune adresse personnelle n'est communiquée, aucune, tout passe par l'association. Et j'ai vu Hélène sortir de la poste avec sa lettre et que tu le croies ou non, c'était bien par hasard. Et si tu avais vu son visage à ce moment, c'était…

Giraud cherche les mots pour décrire la sensation qu'il a éprouvée à ce moment-là, l'impression qu'Hélène était devenue une autre personne, inaccessible, que sa vie avait pris un chemin où ni lui ni Marie n'avaient leur place, un chemin plein de pièges pour lequel elle ne possédait aucune carte. Il ne trouve que la sourde colère qui éclate en lui et le ravage trop souvent :

— Je crois que tu refuses de comprendre. Pour les types qui sont là-dedans, une fille, ce n'est rien d'autre qu'une chose qu'on achète ou qu'on vend. Toi, tu as vécu toute ta vie dans le coton, tu ne sais pas ce qui se passe dans ce monde-là. Tes parents t'ont laissée Dieu sait pourquoi épouser un pauvre bidasse sans le sou, et je suis sûr qu'il ne se passe pas un jour sans que tu le regrettes, mais moi je n'ai pas assez de charité chrétienne pour donner ma fille à un braqueur de banques ou à un violeur d'enfants !

Marie le regarde, pâle, les dents serrées, sans rien dire. Elle n'a pas besoin de parler. Ce qu'elle pourrait dire, Giraud est déjà en train de le penser. Dans le silence, il écoute ses propres paroles résonner, encore et encore, comme si un autre les avait prononcées. Sans un mot de plus, il quitte l'appartement.

Journal d'Edmond Lieutaud
Jeudi 20 avril 1944

Voilà, cette fois nous y sommes vraiment, et fiers de pouvoir dire que nous faisons partie du maquis. Le chemin pour y arriver n'a pas été facile, c'est pourquoi je n'ai pas pu reprendre mon cher cahier jusqu'à aujourd'hui. Je pense que je pourrai être plus assidu à l'avenir car malgré les marches, les tours de garde et les corvées, ce n'est pas le temps libre qui manque.
D'abord il faut dire que rien de ce que nous avons traversé ne ressemblait aux images que j'avais dans la tête. Un soir, un homme est venu nous chercher à notre campement, un homme que nous n'avons pas revu depuis, sans doute l'envoyé de la tante Judith. Il nous a conduits à une ferme isolée où nous sommes restés deux jours, en compagnie de trois types à l'air pas commode qui nous ont mis sur le gril. Des tas de questions sur l'endroit d'où nous venions, comment nous étions arrivés là, sur notre vie de sauvages dans les bois et comment nous avions subsisté jusque-là. Il faut croire qu'ils ont été satisfaits de nos réponses car ils nous ont mis sur le chemin d'une autre ferme où un cérémonial presque identique s'est reproduit. Des questions, encore des questions et il a fallu redire notre histoire. Mais ils nous ont nourris à peu près comme il faut et c'était déjà ça. Il y avait deux autres types de Marseille qui cherchaient eux aussi à rejoindre le maquis. On a un peu sympathisé, pas trop, je crois que c'étaient des « durs ». Enfin

après une marche de nuit de quatre heures, pas facile dans le noir avec nos souliers en loques, nous sommes arrivés ici, à peine à trois ou quatre kilomètres de notre point de départ.
Avant toute chose, on nous a fait mettre en rang et on a eu droit à un vrai sermon du capitaine sur la discipline et un tas d'autres choses pas très rigolotes. Pour simplifier, nous sommes maintenant mobilisés dans l'Armée Secrète et soumis aux règlements militaires. Désormais, tenter de quitter le camp serait considéré comme une désertion et ce serait la cour martiale à la clé. Alors, comme des bidasses, le matin à l'aube, on a droit au salut aux couleurs, ensuite le programme est varié : manœuvres, marches, entretien des sentiers et j'en passe. Certains des types d'ici (j'en parlerai après) disent que tous les maquis ne sont pas comme celui-ci, mais que le nôtre est commandé par un saint-cyrien et que ça se voit.
L'endroit s'appelle Le Jas des Meynier. C'est une grosse ferme, presque un hameau, qui a dû être prospère au siècle dernier, mais qui a été à peu près abandonnée depuis pas mal d'années. C'étaient des terrasses plantées de vignes et d'amandiers, mais les arbres sont morts et la vigne est retournée à l'état sauvage. On voit que la forêt regagne partout du terrain. Quelqu'un m'a dit que les gens sont partis parce que la source qui alimentait la ferme s'était perdue et c'est vrai que le problème de l'eau doit être assez compliqué en été. Pour le moment la citerne est pleine et l'eau de pluie récupérée ne manque pas.
Notre camp se trouve à quelques dizaines de mètres sous la crête de la montagne du Luberon, sur un petit plateau. On a l'impression de vivre en plein ciel. La vue est superbe sur la vallée de la Durance et même au-delà jusqu'à l'étang de Berre et la mer, quand le mistral nettoie l'atmosphère et la rend transparente comme du cristal. Bien sûr c'est commode pour voir venir les visiteurs de loin, mais en même temps ça donne

l'impression un peu inconfortable d'être sans cesse exposé aux regards. La plupart des bâtiments sont en mauvais état, ou même à moitié écroulés, mais certains toits sont restés à peu près étanches et cela fait pas mal de temps que nous avons perdu l'habitude du confort. On nous a affectés à chacun une paillasse dans une grande bergerie en pierres sèches qui fait office de dortoir et que les bêtes ont dû occuper il n'y a pas si longtemps car elles y ont laissé leur odeur. Je crois que les mouches et les taons n'ont pas encore compris que les brebis étaient parties. C'est un peu rude au début mais c'est déjà mieux que le cabanon où nous avons vécu avant, où on avait à peine la place de s'allonger. Autour de la bastide, il y a un chantier forestier dont le patron est des nôtres et qui nous est bien utile comme couverture et pour le ravitaillement. Un camion fait la navette avec Pallières pour transporter les ouvriers et le charbon de bois destiné aux gazogènes.

On est ici une trentaine de bonshommes et la compagnie est assez mélangée. Il y a bien sûr d'autres types de notre âge, enfin je veux dire de l'âge d'Antoine et Daniel, la classe 44, ceux qu'on appelle les réfractaires, mais aussi des types plus âgés, un ingénieur, des ouvriers, quelques paysans des villages d'en bas, et trois ou quatre durs à cuire, comme les deux que nous avons vus le premier jour, qui gardent un peu les manières du milieu d'où ils viennent, autant dire le milieu tout court, mais que le capitaine arrive à faire marcher à peu près droit. Il n'y a pour ainsi dire pas d'armes, en tout cas, on n'en voit pas souvent. Il paraît qu'il y a des dépôts cachés dans la région, des armes qui ont été parachutées, mais qu'on n'a pas le droit d'y toucher pour le moment, qu'il faut attendre que les Alliés aient débarqué et qu'à ce moment-là on aura notre rôle à jouer.

Le capitaine s'appelle Tancrède. Évidemment ce n'est pas son vrai nom. Tout le monde a du respect pour lui, même ceux qui grognent derrière son dos lorsqu'il nous colle à des travaux pas très utiles au premier abord. C'est un grand type à l'air un peu froid, qui doit avoir tout juste dépassé la trentaine, ce qui ne fait pas de lui le doyen de la troupe loin s'en faut. Il a les yeux partout et ne laisse rien passer, mais on sent bien qu'il fait tout son possible pour nous rendre la vie supportable, surtout en réclamant sans cesse auprès de ses supérieurs au sujet du ravitaillement. Il s'est battu en 39 et a été fait prisonnier, et puis il a réussi à s'évader et à rejoindre Londres. C'est de là qu'il a été envoyé dans la région pour organiser les quelques groupes qui se cachaient de l'occupant et de ses sbires. Comme il nous le répète chaque jour, nous devons devenir une vraie force, être capables d'agir quand le signal de l'action sera donné, c'est-à-dire quand les Alliés auront débarqué en Provence.

Évidemment c'est moi le benjamin de la troupe et certains me le font bien sentir. Il y a eu par exemple un beau début de bagarre avant-hier quand le capitaine a fait faire la distribution d'un lot de cigarettes qu'il avait réussi à réquisitionner. Certains des types sont des fumeurs invétérés et le tabac leur manque au point qu'ils en sont presque malades. Caillol, une des grandes gueules, a commencé à dire que le minot (c'est moi) n'avait pas besoin de fumer, que ça empêchait les enfants de grandir. Antoine s'est levé et j'ai bien cru qu'il allait lui sauter dessus. Évidemment, Daniel n'était pas loin et ça aurait pu tourner au grabuge. Le capitaine s'est interposé et a demandé froidement à Caillol si le minot, comme il disait, était assez grand pour encaisser une balle le moment venu. Ça a jeté comme un froid. Je crois que chacun s'est rappelé pourquoi on était là et que ce n'était pas le moment de se battre pour des mégots. Caillol s'est mis à rire en disant qu'il voulait juste nous charrier. J'ai pris mes quinze tiges et mon paquet de gris. Je les donnerai à Antoine, mais pas tout de suite. Quand il n'en aura plus, il sera bien content de les trouver. Le capitaine nous a autorisés à écrire à nos familles. Pas plus d'une lettre chacun et il a prévenu : « Censure militaire, tout passera par moi. » Je vais écrire à maman et à Lili, Antoine a promis qu'il mettrait une ligne, mais c'est vrai qu'il n'est pas trop fort là-dessus. Il va falloir que je me fasse pardonner de l'avoir suivi et aussi que j'essaie de leur faire croire que nous sommes ici en colonie de vacances.

Giraud

Astier reçoit Giraud dans son bureau aux murs tapissés de livres et de photos encadrées. On y voit le maire, à des âges divers, serrer la main de chefs d'État français ou étrangers, ou recevoir des décorations. Depuis les années 1950, ancré dans le village par ses origines familiales, mais auréolé de ses puissantes relations, Astier a été constamment réélu à la mairie sans qu'aucune personne dans son bon sens n'envisage de se présenter contre lui. Diriger une commune de cinq cents âmes peut paraître une tâche dérisoire pour un homme de son envergure, mais beaucoup le croient sincère quand il affirme que c'est la charge qui lui tient le plus à cœur. La perte récente de son siège de député n'est de notoriété publique qu'un incident de parcours, dû aux luttes d'influence à l'intérieur de son propre camp. Il accueille Giraud debout devant son mur de trophées, comme s'il voulait rappeler au gendarme la distance qui existe entre eux.
— Je vois que vous regardez mon installation. Juste quelques souvenirs d'une vie bien remplie. Depuis que ma femme est décédée, je passe plus de temps ici que dans ma maison, explique-t-il. Alors, je me suis octroyé un peu de confort. Mais je vous en prie, prenez un siège.
Giraud n'est pas à son aise, car malgré le confort du fauteuil ou peut-être à cause de celui-ci, il se sent davantage dans la posture d'un solliciteur que dans celle d'un enquêteur. Il lui

est déjà arrivé d'avoir affaire à des maires de village, ceux-ci sont pour la plupart des paysans que rien ou presque ne distingue de leurs pairs. En face d'Astier, son impression est toute différente. Le maire est un homme souriant, aux manières pleines de bonhomie, s'exprimant avec un accent provençal nuancé par son éducation, peut-être un peu affecté. Sa présence est chaleureuse, mais elle impose le respect.
Il accueille le récit de Grégoire avec un sourire indulgent.
— C'est un brave type, ce Zé. Je suis sûr qu'il ne pense pas à mal, mais j'ai bien peur que son goût prononcé pour l'anisette lui ait un peu troublé la mémoire.
— Vous êtes donc formel, monsieur le maire, vous n'avez jamais vu cet homme ?
— Voyez-vous, Giraud – vous permettez que je laisse le grade de côté, n'est-ce pas ? Après tout il y a longtemps que j'ai quitté l'état militaire – voyez-vous, l'aventure que j'ai vécue avec mes hommes pendant ces quelques mois, ce n'est pas quelque chose qu'on peut oublier. Mais à l'âge que vous avez, vous avez peut-être combattu vous-même.
Giraud hésite. Il n'est pas venu là pour raconter ses guerres. Mais sous le regard patient du maire, il se sent obligé de répondre.
— Indochine, Algérie. Infanterie coloniale. Pas grand-chose qu'on ait envie de raconter aux repas de famille.
Astier le considère en silence, hochant la tête.
— Ce n'est donc pas vous que je vais assommer avec des discours d'ancien combattant. Mais je suis sûr que vous comprenez à quel point chaque minute de cette époque-là est restée gravée dans ma mémoire. Certains de mes camarades sont tombés, vous le savez sans doute. Leurs noms sont gravés dans la pierre, si ce n'est dans toutes les mémoires. D'autres m'ont suivi jusqu'au bout. Moi, j'ai eu de la chance. Je suis

encore là. Comment pourrait-on envisager que j'aie pu oublier l'un d'entre eux ?

Giraud ne songe pas à donner une réponse à cette question qui n'en appelle pas. Il attend qu'Astier continue.

— Votre homme s'appelle Lefebvre, m'avez-vous dit ?

— C'est sûrement un nom d'emprunt. Il a vécu plusieurs années en Amérique du Sud où il s'est enrichi en pratiquant diverses activités plus ou moins honnêtes. Mais ses premières traces là-bas n'apparaissent qu'après la Libération.

— L'Amérique du Sud. Ça faisait partie des destinations assez prisées à cette époque-là. Ça, vous le savez sans doute. Mais plutôt pour les gens de l'autre camp, celui des vaincus et de ceux qui avaient eu la mauvaise idée de les servir. Vous le savez, à cette période tous n'ont pas réussi à fuir. Certains ont connu le châtiment de leurs actes. On a jeté un voile là-dessus et c'est tant mieux. Beaucoup de gens pensent que trop de coupables en ont réchappé, d'autres estiment que ce fut surtout l'occasion de régler de vieux comptes.

— Vous croyez que Lefebvre aurait pu échapper à l'épuration en quittant la France ?

— Qui sait ? Les dates ont l'air de coïncider. Il ne serait pas le seul à avoir suivi ce chemin. Mais vous employez un terme que je n'aime pas. Épuration. C'est un terme dangereux. Jusqu'où faut-il aller dans le nettoyage pour prétendre parvenir à la pureté, si un tel mot possède un sens ? Enfin, Dieu merci, tout ça appartient désormais aux livres d'histoire. Voulez-vous un cigare ? Je les fais venir directement de La Havane, c'est un des petits avantages d'avoir de bons amis partout.

Giraud hésite, tenté, mais refuse poliment. L'uniforme et le cigare ne lui paraissent pas aller bien ensemble.

— À votre avis, Augustine Bouchard pourrait-elle avoir joué un rôle quelconque pendant la guerre, dans un camp ou dans l'autre ?
Le maire médite la question, le temps de couper son cigare et de l'allumer avec cérémonie.
— Non. Si elle avait participé à la Résistance, si modestement que ce soit, je le saurais. Quant à avoir collaboré avec l'occupant, je ne crois pas qu'elle ait jamais été en position de le faire. Il faudrait interroger des gens qui l'ont mieux connue que moi. Tine a dû faire comme beaucoup d'autres, tâcher de survivre en attendant que les choses se passent. N'oubliez pas que j'ai quitté ce village très jeune. Je n'y suis revenu qu'une fois démobilisé. De l'histoire de la commune pendant l'Occupation, je ne connais que ce qu'on m'a raconté après mon retour en 51. Voyez-vous, l'armée en temps de paix n'était pas ma tasse de thé et comme je n'avais pas appris d'autre métier, il n'y avait plus pour moi que la politique. Il me fallait choisir un endroit où je possédais de solides racines. Mon père était un homme de la ville, j'ai décidé de m'installer ici, où ma famille maternelle vit depuis des siècles. Avoir des morts au cimetière, c'est le seul passeport qui compte dans un village comme celui-ci.
Giraud l'écoute patiemment discourir quand la secrétaire de mairie frappe timidement à la porte.
— Excusez-moi. Un appel pour monsieur… enfin un appel de la gendarmerie de Pallières. Il semble que ce soit urgent. Vous voulez le prendre ici ?
— Non, je ne vais pas déranger monsieur le maire plus longtemps, répond Giraud en se levant avec quelque soulagement. Je prendrai l'appel en bas. Merci de m'avoir accordé cet entretien. Si quelque chose parvient à vos oreilles…

Au téléphone c'est Guyomarc'h.
— Chef, on part en opération. Ici c'est la guerre.
— Qu'est-ce que tu racontes ?
— Le capitaine a fait un bond en trouvant les lettres anonymes.
Giraud se souvient d'avoir ajouté au dossier, sans plus de commentaires, les quelques lettres que la brigade avait reçues. L'une dénonçait le maire, une autre les travailleurs saisonniers nord-africains et la troisième les hippies de la combe du Renard. Rien que de très prévisible.
— Il nous a carrément engueulés de ne pas avoir sauté sur les Arabes. Il disait que le meurtre au couteau c'était signé.
— Le con !
— Vous dites, chef ?
— Non, rien. Vous lui avez dit que les premiers saisonniers n'arrivaient que dans quinze jours pour les vendanges ?
— Bien sûr, mais ça l'a pas calmé. Maintenant on part en campagne contre les hippies. Figurez-vous que Lataud, vous savez, celui qu'on appelle l'Indien, figurait déjà sur sa liste. Coffré pour violences en 66 et 69. Des bagarres de fin de bal, la seconde a failli mal tourner, sauf que c'est l'autre qui a sorti une lame. Mais le capitaine a juste lu : bagarre, couteau, ça lui a suffi. J'ai préféré vous appeler, en passant chez moi me mettre en treillis et rangers. Départ dans cinq minutes, tenue de combat.
Giraud jure entre ses dents, la secrétaire n'est pas loin. On n'entend plus sa machine à écrire.
— Putain ! Il devrait convoquer aussi les paras.
Guyomarc'h reste silencieux.
— C'est censé se passer comment ?
— Vous savez où ils sont installés. C'est une espèce de gorge resserrée. Impossible d'y aller avec un véhicule. Le plus simple,

c'est de faire le tour par le hameau des Mourgues et de finir à pied. Sinon par Fontfrède, il y a cinq kilomètres de piste pourrie et les deux derniers kilomètres, c'est carrément du sentier.
— Oui, je connais l'endroit. Bon, je vous rejoins aux Mourgues. J'y serai sûrement avant vous.
La route qui traverse le massif est peu fréquentée et c'est heureux car Giraud couvre la distance en un temps digne d'un pilote de rallye, malgré les virages en épingle et les nids de poule. Il est inquiet. L'opération telle qu'elle est engagée lui semble partie pour mal tourner. Comme prévu, il arrive le premier. Il gare sa voiture devant la minuscule église, sous un bouquet de chênes verts.
Le hameau est resté pendant des années endormi, au bord de l'abandon, ses habitants originels ayant fini par renoncer à leur lutte millénaire contre l'aridité de la terre et un climat fait d'une succession de longues sécheresses, d'orages brutaux et d'hivers glacials. Depuis quelques années, la vogue des vieilles pierres lui a redonné un semblant de vie. Quelques-unes des bâtisses croulantes ont été rachetées pour des sommes dérisoires par des étrangers au pays qui les ont restaurées avec soin et transformées en résidences secondaires. L'ensemble est joli, quoiqu'un peu factice. Une campagne de fantaisie, où rien n'offense le regard, mais qui ne s'éveille un peu que pendant quelques semaines d'été. Giraud se souvient du village du Var où il vivait enfant, si proche encore de la Provence rêvée des crèches de Noël, des troupeaux qui emplissaient la rue comme un fleuve, des grands parapluies des bergers mais aussi de sa mère qui s'éreintait au lavoir, de la corvée d'eau et des essaims de mouches qui envahissaient les maisons et qu'on tentait de chasser en agitant des torchons. Il se demande si les nouveaux villageois avides d'authenticité aimeraient beaucoup ça.

Sur le minuscule parking, deux véhicules cuisent au soleil : une Mercedes rutilante, immatriculée aux Pays-Bas et le TUB Citroën maladroitement repeint en mauve qu'on voit stationner tous les vendredis sur la place du marché de Pallières. Giraud s'approche, essaie de voir à l'intérieur par la vitre arrière couverte de poussière, puis constate que la porte coulissante n'est pas verrouillée. Le fourgon a été sommairement équipé d'étagères en contreplaqué. L'odeur de fromage de chèvre est puissante. Giraud se dit que l'espace au sol est bien suffisant pour transporter le corps d'un homme, mais se demande aussi qui voudrait utiliser une guimbarde aussi voyante pour commettre un forfait.
Enfin l'Estafette bleue arrive. Les hommes en descendent, le capitaine, dans un treillis satiné impeccable, ses rangers polis comme des miroirs, sans oublier le médaillon de son brevet de parachutiste, les deux hommes d'Aix et Guyomarc'h qui tient en laisse Gary, le berger allemand de la brigade, apparemment tout joyeux de la promenade. Un homme corpulent, le torse nu brûlé de soleil, observe un instant le groupe de militaires depuis le perron de sa maison, puis il rentre chez lui en secouant la tête. Le capitaine aperçoit Giraud, son visage marque brièvement sa surprise mais il choisit apparemment de ne rien dire. Il sort de sa poche une carte qu'il commence à déplier puis il se ravise.
— Giraud, vous connaissez bien le terrain ?
Giraud acquiesce.
— Je suis venu ici deux ou trois fois en promenade avec ma famille. Le chemin muletier part d'ici, derrière la chapelle. Il n'y a que quelques centaines de mètres, un kilomètre au maximum, mais c'est assez raide.
— Dans ce cas prenez la tête, nous vous suivons.

Le groupe s'engage entre les murets de pierre sèche sur le chemin pavé de blocs irréguliers, usés pendant des siècles par les sabots des ânes et des mules. Très vite, il descend et s'enfonce dans l'ombre des arbres. La chaleur se fait moins accablante. L'air a une odeur d'humus, le voisinage de l'eau se fait bientôt sentir. Dans ses chaussures de ville Giraud se tord les chevilles, dérape sur les pierres moussues. L'étroitesse du chemin oblige rapidement les hommes à marcher en file indienne. On entend de temps en temps l'appel d'une chèvre invisible perchée sur les flancs abrupts de la combe, le tintement d'une clochette. Après quelques lacets, Giraud s'arrête.

— À partir d'ici, le chemin est visible depuis la maison.

— Il n'y a pas d'autre accès ?

— Si. Il y en a deux, le long des rives du ruisseau, un vers l'amont et un vers l'aval, mais pour les rejoindre sans passer devant la maison, il y a encore trois quarts d'heure de marche. On doit aussi pouvoir y arriver en suivant le bas de la falaise, mais à ma connaissance, il n'y a pas de sentier.

Giraud se rend compte qu'il a instinctivement baissé la voix. L'atmosphère de chasse l'a gagné malgré lui.

— Voilà comment nous allons procéder. Giraud, vous passerez par le chemin. Nous allons descendre directement à travers cet éboulis. Chaussé comme vous l'êtes, il vaut mieux ne pas vous y risquer. Laissez-nous deux minutes d'avance. Et rappelez-vous que le type est violent.

Giraud aime de moins en moins la tournure guerrière que prend l'opération. Il se demande si le capitaine ne cherche pas tout simplement à créer un incident. Après tout, si l'assassin est bien un rôdeur, il est probable qu'il soit désormais hors d'atteinte et que l'affaire risque de se solder par un échec humiliant. L'Indien pourrait faire alors un coupable de remplacement bien commode, surtout, comme ses antécédents le font craindre, s'il se met en tête de résister. Giraud souffle à Guyomarc'h qui est le dernier à s'engager dans la pierraille :

— Tiens bien le chien.

Dès que le groupe a disparu et sans attendre les deux minutes, il se remet en marche. Au bout de quelques mètres, la maison apparaît, légèrement en contrebas, une simple façade de pierres sèches, percée d'étroites ouvertures, qui ferme une cavité creusée des millénaires plus tôt dans la falaise par les eaux de la rivière. Proche du ruisseau, abrité des vents et orienté au sud-est, l'endroit a sans doute été occupé depuis qu'il existe des hommes. Devant l'entrée, un peu de terrain plat a été gagné sur la pente raide par la construction de restanques. L'herbe y est d'un vert intense malgré la saison. Quelques plants de tomates et de courgettes semblent y végéter, sans doute par manque de soleil. De longues cordes tendues entre les arbres portent de petits fanions aux couleurs délavées. Devant la maison, un mât a été dressé, grossièrement sculpté à la hache dans un tronc d'arbre. Un totem. Giraud se décide à manifester sa présence quand une ombre noire surgit de la maison, se ruant vers lui. Instinctivement, il porte la main à sa hanche pour dégainer son arme, tout en sachant qu'il n'aura pas le temps d'ouvrir l'étui avant que le chien soit sur lui. Mais un sifflet strident retentit et l'animal s'arrête net. Il s'assied et contemple Giraud, la langue pendante, comme s'il se moquait de sa frousse.

— Ici, Ganja !

Le molosse se relève, s'éloigne paisiblement et laisse tomber sa lourde masse au pied de son maître. Celui-ci contemple un instant Giraud, affectant l'indifférence, puis lui tourne le dos et se remet en devoir d'étriller un grand cheval gris. Il ne porte rien d'autre qu'un blue-jean usé jusqu'à la corde, retenu par un large ceinturon orné de pierres bleues. Ses cheveux,

qui descendent plus bas que ses épaules, sont retenus par un lacet de cuir. Sous sa peau brûlée par le soleil, les muscles de son dos et de ses bras se dessinent comme sur un écorché de salle d'anatomie. Giraud se sent peu à sa place dans le paysage avec son uniforme et son képi, comme égaré dans le mauvais film.
— C'est vous François Lataud ?
— Si vous êtes venu jusqu'ici vous devez bien le savoir, répond l'autre sans interrompre son travail.
Sa voix est sonore, comme celle des hommes habitués à travailler en plein air, l'accent local bien présent. Un berger, après tout, malgré les apparences.
— Il va falloir nous accompagner à la brigade. On a quelques questions à vous poser.
L'autre s'interrompt un instant, fait mine de réfléchir.
— Non. Là, j'ai du travail. Une autre fois peut-être.
Il se penche, s'empare d'une des jambes du cheval, sort un outil de sa poche et se met à récurer le dessous du sabot.
— À moins que vous ayez un papier qui m'y oblige.
— Écoute. Je crois que tu n'as pas idée de la merde dans laquelle tu te trouves. Je te conseille de venir gentiment avec moi avant que les choses commencent à mal tourner. Tu te doutes bien que je ne suis pas venu tout seul. D'ailleurs regarde.
Le capitaine vient de faire son apparition par l'étroit sentier qui longe la falaise. Il tient à la main, de façon un peu incongrue, un rameau qu'il a cueilli. Un à un, les hommes débouchent du taillis, Guyomarc'h toujours en queue, tenant Gary. Le chien de Lataud relève la tête, gronde sourdement. Lataud se relève, fait entendre un sifflement ironique.
— Eh ben ! Vous êtes venus en force ! Et tout ça c'est pour moi ?

— Oui. Tu vois bien que tu ferais mieux de venir sans faire d'histoires.
— Je peux au moins rentrer mon cheval, non ?
Et avant que Giraud ait pu faire un geste, il empoigne la crinière de l'animal, se hisse sur son dos.
— Putain ! Fais pas le con !
Mais l'autre a déjà planté ses talons dans le flanc de son cheval, qui bouscule Giraud au passage et en quelques foulées prend le galop, faisant voler derrière lui des mottes de terre sombre. Aussitôt le chien lui emboîte le pas. Giraud entend le capitaine crier des sommations. Il sait qu'il est lui-même dans le champ et que l'officier n'osera pas tirer, aussi il dégaine posément son arme et pour la forme lâche en l'air deux coups de feu que les échos de la combe multiplient aussitôt. Une nuée de corneilles s'envole aussitôt des arbres voisins et se met à tournoyer en craillant. Au même instant, monture et cavalier disparaissent sous les feuillages des aulnes, l'homme couché sur l'encolure du cheval pour éviter les branches basses. Le capitaine rejoint Giraud, son arme à la main, criant :
— Ça va où par là ?
Giraud s'apprête à lui répondre quand une femme jaillit en hurlant de la maison troglodyte, rapidement maîtrisée par les hommes qui sont restés en arrière. Guyomarc'h retient avec peine le berger allemand.
— S'il prend vers l'aval, à Fontfrède. Trois heures à pied. Peut-être la moitié à cheval. Vers l'amont, il a le choix. La région est quasiment déserte.
— Guyomarc'h et Cantier, suivez sa piste avec le chien. Une demi-heure seulement, ensuite vous revenez ici. On saura au moins quelle direction il a prise. Et calmez cette bonne femme, nom de Dieu, on s'entend plus penser !

Hauterive finit par persuader la femme qu'on n'a pas tiré sur son compagnon. Elle regarde maintenant les gendarmes avec dans le regard un profond mépris. Dans la lutte sa robe décorée de motifs indiens et de petits miroirs s'est ouverte et laisse voir un sein déjà fané. Dans l'ouverture de la porte un enfant nu de deux ou trois ans contemple la scène avec le plus grand calme.
— Pourquoi vous venez nous emmerder ? On n'a rien fait !
— Si vous n'avez rien à vous reprocher, pourquoi votre mari s'est-il enfui ?
— Franco, il est comme moi, il aime pas les flics.
— Qu'il aime les flics, comme vous dites, ou pas, il va déjà falloir qu'il s'explique là-dessus.
Le capitaine brandit le rameau qu'il a cueilli au passage, et que Giraud reconnaît enfin.
— Je suppose que c'est une façon de diversifier l'agriculture. Drôlement bien installée, votre petite serre.
— Je sais pas ce que c'est. Je m'y connais pas en botanique.
— Eh bien, je vais vous faire un petit cours. Nom scientifique : *Cannabis indica*. Plus connu sous le nom de haschisch, ou de marijuana, ou de tous les noms que vous lui donnez.
— Je lui donne pas de nom. Je l'ai jamais vue cette herbe. Moi j'élève des chèvres, c'est tout.
Le capitaine saisit le poignet gauche de la femme, l'obligeant à tendre le bras.
— Et ces cicatrices-là, c'est en faisant de l'élevage que tu les as gagnées ?
La femme dégage son bras, se tait un moment, puis marmonne :
— Ça c'est du passé. Dans une autre vie.
— Évidemment. Si tu savais combien de fois je l'ai entendu ce discours. Bon, écoute, comme tu peux le voir, ton bonhomme

s'est mis dans une situation plutôt embêtante et chaque minute qui passe aggrave son cas. Le mieux, ça serait qu'il se rende au plus vite.
— Vous n'avez qu'à le lui dire quand vous le verrez.
— On le trouvera, où veux-tu qu'il aille ? Ici, ce n'est pas le far west. Il y a des lois et des gens pour les faire respecter. Possession et usage de stupéfiants, pour commencer. Assassinat pour finir.
La femme reste muette un instant. Son regard change, le défi se change en inquiétude. Sa voix aussi est différente, moins théâtrale.
— Assassinat ? Et qui il aurait tué, Franco ?
— Tu dois le savoir mieux que moi. Allez, Giraud, on embarque tout ça. Mais d'abord, on jette un coup d'œil dans cette baraque.
Sans tenir compte des protestations de la femme et des injures dont elle les poursuit, le capitaine et Giraud pénètrent dans la maison, sous les yeux de l'enfant qui les considère en silence de ses yeux pâles, un filet de bave au menton. L'endroit est moins sombre que ce qu'il semblait du dehors, éclairé par les rayons du soleil couchant qui donnent en plein sur la façade. Giraud lui trouve même une espèce de charme, comme on pourrait en trouver à l'habitation de Robinson Crusoé. La caverne est haute mais peu profonde, découpée verticalement en trois niveaux irréguliers par des planchers posés sur des troncs d'arbres à peine ébranchés, reliés par des échelles. Ce qui tient lieu de rez-de-chaussée est sans doute la pièce principale. Le confort n'y est pas plus sommaire que dans la plupart des habitations du village, mise à part l'absence apparente d'électricité. Un tuyau amène l'eau d'une source à un évier creusé à même le calcaire. Il y a même une cuisinière et un grand réfrigérateur presque neuf, fonctionnant sans

doute au gaz lui aussi. Quelques tapis usés, des peaux de chèvre, des coussins bariolés, recouvrent en partie le sol de roche brute. Un poêle à bois en fonte émaillée trône au milieu, le tuyau rouillé traversant les étages.
Le capitaine commence sa fouille avec méthode, soulevant les objets un à un avec répugnance. Il y a peu de meubles, les ustensiles usuels sont rangés dans des alvéoles tenant lieu d'étagères, creusées dans les parois de la grotte des siècles auparavant par des outils dont les traces se voient encore. La femme est rentrée, portant son fils au bras. Elle ne dit plus rien mais observe chaque geste des deux gendarmes entre les mèches couleur de paille de ses cheveux. Giraud se dit qu'après tout la maison sera fouillée de fond en comble, avec ou sans lui. Il s'engage sur l'échelle, percevant du coin de l'œil l'attitude de la femme qui semble se tendre encore plus. S'il y a quelque chose à trouver, c'est là-haut.
Le premier niveau est une chambre qui doit être commune à toute la famille. De simples matelas posés au sol, encore des tapis, une profusion de tissus bon marché aux couleurs vives. Quelqu'un a bricolé une petite bibliothèque à partir de cagettes à légumes. Les livres traitent tous ou presque de droit ou d'économie, sans doute des vestiges d'une autre vie antérieure. Giraud doute que Lataud y ait jamais mis le nez. Il en feuillette quelques-uns, ils portent le nom de Solange Richier.
Le dernier étage est vide, hormis un vieil électrophone et quelques disques évidemment relégués là faute de courant. Giraud ne peut s'y tenir que courbé. Une fente naturelle dans le rocher attire son regard. Il y glisse les doigts, en ressort une petite boîte en métal doré au couvercle orné d'une pierre verte. À l'intérieur, une dizaine de minuscules carrés de papier.
Des éclats de voix le décident à redescendre. Le capitaine tient entre deux doigts un couteau.

— Ce qui est bizarre, ce n'est pas d'avoir un couteau, c'est de l'avoir caché.
— On a un gosse ici. C'est pour ça qu'on le met là-haut. Ça coupe ces trucs-là.
Le capitaine tend l'objet à Giraud. La lame est vieille, presque réduite à un fil à force d'avoir été aiguisée, le manche rafistolé avec du fil de fer. Dans les interstices subsistent des traces brunâtres.
— Ça ressemble à du sang, non ?
— Les chevreaux, il faut bien les tuer. C'est Franco qui fait ça.
— Bien sûr. Et je suis sûr qu'il ne rate jamais son coup. Vous avez trouvé quelque chose, Giraud ?
Celui-ci tend la boîte au capitaine. La femme leur tourne le dos, puis se laisse tomber sur une chaise.
— Bien. On va faire analyser ça. Mais ça m'a tout l'air d'être des buvards de L.S.D.
— Franco n'est pas au courant. Pour les acides. De toute façon ils sont trop vieux.
Les deux gendarmes envoyés sur la piste du fuyard reviennent enfin avec le chien. Guyomarc'h est écarlate, hors d'haleine.
— On a suivi sa trace vers l'amont sur à peu près deux kilomètres, mais il nous a fait le coup de suivre le cours d'eau. On ne peut pas savoir où il en est sorti à moins d'arpenter les deux rives.
Le capitaine ne paraît pas trop contrarié. Giraud se demande si un suspect en fuite ne fait pas tout compte fait son affaire. Il se tourne vers la femme.
— Allez dans votre gourbi prendre quelques affaires, et mettez quelque chose sur le dos de ce gosse. Nous allons avoir une longue conversation.

Petite brise

Le premier, Jausseran, faisait parmi d'autres trafics de produits coloniaux celui des bois exotiques. Aussi, lorsqu'il fit bâtir sa demeure, c'est avec des essences rares et précieuses et par les meilleurs compagnons qu'il en fit construire la charpente. Ceux-ci durent avoir à cœur de démontrer leur savoir-faire. Les combles de la maison n'étant pas cloisonnés, l'œil peut embrasser d'un seul regard leur chef-d'œuvre, cette forêt à l'ordre parfait. Mais le temps qui ronge toute chose ne connaît pas le repos. Quelques tuiles fendues ou emportées par le vent ont fini par laisser entrer la pluie, et le plancher attaqué de place en place par la pourriture est plein de pièges. Je m'y déplace à pas comptés, éprouvant la résistance de chaque lame, soumis de mauvaise grâce à ma pesanteur, envieux de la légèreté impalpable des araignées dont les voiles faseyent au gré des courants d'air.

Dans cette nef paisible, ouverte par ses lucarnes aux quatre points cardinaux, lavée par les vents et l'odeur d'épices des charpentes, je pourrais être tenté de croire que l'oubli est possible, sinon le pardon. Sans un infime hasard, les dépositaires du secret auraient tous bientôt quitté ce monde. Mais maintenant la blessure est rouverte, elle saigne à nouveau. La paix qui règne ici est factice. La violence endormie bouillonne, elle doit éclater à la surface. C'est alors seulement que l'oubli, un oubli véritable, total, pourra venir, quand tout sera accompli. Il y a des crimes dont personne n'a plus connaissance, qui ne sont consignés dans aucun registre et dont tous les témoins ont disparu. Qu'advient-il de la souffrance qu'ils ont engendrée ? Il a fallu que Rieu se trouve sur mon chemin alors que je n'avais plus pour but que de trouver un coin pour m'endormir sous un soleil ami, près du seul endroit où je m'étais senti un jour un homme véritable. Je revois cet instant où le passé a soudain rejoint le présent, où ces trente années en un éclair ont semblé s'évanouir dans le néant, où j'ai été replacé sur la voie qui était la mienne, celle du sang. Le bar plongé dans l'ombre, traversé par les éclairs des spots qui zébraient de rouge et de bleu les cuisses nues des putains perchées sur les tabourets du bar, la musique assourdissante, vulgaire, Kinshasa, Kigali, Marseille, j'étais chez moi. Il a fallu encore que l'homme me reconnaisse malgré le temps et les cicatrices, ait ce raidissement du corps devant le danger, ce geste de la main vers l'arme cachée sous le comptoir pour que, mis en alerte aussi, je le reconnaisse à mon tour. Sous les mauvaises rides de l'alcool, le regard n'avait pas changé, il était resté semblable à l'homme lui-même, arrogant mais prêt à la fuite. Il m'a dit : « C'est toi » et a dû sans doute conclure de son examen que je ne représentais pour lui aucune menace. Et comment aurait-il pu en être autrement ? Je ne le soupçonnais encore de rien. Il n'était pour moi qu'un déserteur et j'avais pu apprendre, pendant ces trente années passées à faire la guerre pour ceux qui voulaient bien me payer, à considérer la désertion comme une façon parmi les autres de quitter le champ de bataille. Il a dit aussi qu'il était content de voir que je m'en étais tiré, qu'il avait de l'alcool et des putes et que je pouvais prendre ce qui me ferait plaisir, en souvenir du passé. Il était sans doute déjà entré bien avant dans l'ivresse, s'il lui arrivait encore d'en sortir. Je l'ai laissé parler, l'écoutant à moitié, le rejoignant peu à peu dans le territoire trouble dont l'alcool est la clé, dans cette vision brumeuse, déformée, de la réalité au fond de laquelle veille toujours chez moi un reste de lucidité glacée. Ses paroles n'étaient pas toujours cohérentes, parfois à peine audibles sous les vagues de bruit déversées par les haut-parleurs. Il disait qu'il avait rendu des services, de grands services, et que personne ne pouvait le toucher. Je lui ai demandé s'il se souvenait du jeune qui était parti avec lui, s'il savait ce qu'il était advenu de lui. Il a fait mine d'avoir oublié, puis a fini par dire que le garçon les avait quittés le lendemain même. Tout son corps criait qu'il mentait.

— Moi et Louis, qu'est-ce qu'on en aurait fait, de ce minot ? Il a pris sa part, et il est parti.

— Sa part de quoi ?

— Tu m'emmerdes avec tes questions. Si tu veux une fille, tu la prends, si t'en veux pas, tu te casses. Ici c'est pas le Cercle des Anciens Combattants.

J'ai laissé le colosse qui gardait la porte de la boîte de nuit me jeter sur le trottoir comme un ivrogne qui fait un esclandre. J'ai marché au hasard dans les rues de Marseille jusqu'à l'aube. À mesure que mon esprit sortait des brumes de l'alcool, la fable que j'avais prise pour la vérité pendant toutes ces années perdait de sa substance. Une vérité nouvelle commençait à naître, elle était plus laide encore.

Giraud

Giraud se réveille au milieu d'un rêve confus, dans la petite cellule de la brigade. Une chaise, une table, un lit de camp de campagne étroit et dur. Dans un coin, un lavabo taché de rouille dont le robinet goutte. C'est là que de temps en temps, on fait dormir un prisonnier qu'on doit garder pour la nuit. La pièce aux murs nus sent le tabac froid et l'eau de Javel. L'aube n'est pas encore là, la vitre unique de la minuscule fenêtre est encore noire. C'est à peine si à l'approche du matin Giraud a pu grappiller une heure ou deux d'un sommeil agité qui l'a assommé sans lui donner de repos. L'interrogatoire de Solange Richier, dite Sol, n'a bien sûr rien donné, sinon ce qu'il pouvait dévoiler, par bribes, d'une existence très vite gâchée. La famille bourgeoise dépassée, l'illusion de la rédemption près de la nature et enfin la découverte d'une vie qui n'est malgré le décor de cinéma que l'existence âpre de la femme d'un paysan, dur à la tâche, taciturne et parfois brutal. Elle a tout de même fini par aller dormir en prison à Aix pendant que son fils était récupéré par les services sociaux. Giraud se demande ce qui était le plus pénible à supporter, des cris de louve de la mère ou de l'indifférence de l'enfant qu'une assistante sociale emportait.

Il se dit qu'il aurait aussi bien pu finir la nuit dans son lit. Marie a l'habitude de ses retours aux petites heures et de ses départs au beau milieu du premier sommeil quand l'interphone siffle et qu'il faut aller ramasser les morceaux après les sorties de boîtes. Mais après l'affrontement du dimanche et le silence glacial que sa femme lui oppose depuis, tout prétexte lui est bon pour se tenir éloigné de chez lui. En découvrant son image dans le miroir au-dessus du lavabo, les yeux cernés, la barbe naissante et la chemise d'uniforme fripée, il décide tout de même de monter à l'appartement. Sa montre ne marque que cinq heures et demie, il lui reste de toute façon au moins une heure de solitude.

Il entre sans bruit, se déchausse dans l'entrée. Toutes les fenêtres sont ouvertes, les persiennes croisées. L'air de la nuit a un peu rafraîchi l'appartement. Un premier pinceau de soleil éclaire la cuisine. Bientôt, la chaleur sera là de nouveau. Giraud remplit à ras bord la cafetière, pestant contre la tuyauterie antique qui se met à vibrer. Luttant contre la tentation de retourner se coucher, il décide de prendre une douche, tant pis pour le bruit.

Quand il sort de la salle de bains, rasé de frais, Marie est là qui l'attend, debout au milieu du salon, en peignoir, les traits tirés. Giraud sait qu'elle n'aime pas être vue ainsi, sans la protection élaborée de son maquillage, de sa tenue toujours impeccable. Elle non plus n'a pas dû dormir beaucoup. Sa voix semble venir de loin, comme si elle peinait à traverser l'espace blanc que ces trois jours de silence ont accumulé entre eux.

— Je suis allée dans la chambre d'Hélène. J'ai cherché partout, mais je n'ai pas trouvé de lettres. Elle les a sans doute emportées avec elle. Mais j'ai trouvé ça, au milieu de son carnet de chant.

Elle tend à Giraud une photo. C'est un tirage d'amateur, en noir et blanc, dont un angle mal fixé a jauni. Il n'y a pas d'inscription au dos. Le garçon, l'homme plutôt, doit avoir

dans les vingt-cinq ou trente ans, des cheveux coiffés en arrière, retombant sur des épaules qu'on devine athlétiques, des yeux clairs, peut-être bleus, et sur le visage quelque chose d'un peu tendre, de presque féminin, que le regard trop assuré dément. Une fille d'aujourd'hui le trouverait beau sans doute. D'instinct, Giraud l'aurait détesté de toute façon.
— Tu crois que tu peux savoir… avec juste une photo ?
— Oui, je crois. Bien sûr, je peux savoir qui c'est. Il me faudra un jour ou deux.
— Mais je voudrais… il faudrait la remettre où je l'ai prise. Hélène rentre dimanche, s'il n'y a rien de grave, je veux dire, c'est peut-être juste… je ne veux pas qu'elle sache qu'on a… que j'ai fouillé dans ses affaires.
— Ne t'inquiète pas, je vais confier ça à Danjou. Il en a pour une minute. Il va la photographier, tout simplement, et m'en tirer quelques épreuves. Je la montrerai à deux ou trois personnes.
Marie tire une chaise, s'assied à la table. Giraud a pour la première fois le sentiment que la fatigue et l'âge peuvent la rattraper, elle aussi. Il se sent confusément coupable, comme s'il était pour quelque chose dans cette défaite, comme s'il l'avait souhaitée.
— Qu'est-ce qui se passe, Pierre ? Est-ce qu'elle est en danger ?
— Je ne sais pas. Je m'inquiète peut-être trop. Sûrement même, tu sais comment je suis. Je vois toujours le pire arriver. Mais il vaut mieux qu'on sache.
Depuis la cuisine, la cafetière fait entendre son gargouillis. Giraud se lève, remplit un grand bol, avec beaucoup de sucre. Marie accepte une tasse. Elle ne boit jamais que du thé, mais il semble que ce menu partage soit nécessaire pour sceller l'armistice.

— Je suis passée chez Catherine Monnier hier soir. C'était l'heure des informations régionales, la télévision parlait de l'affaire de Fontfrède, d'un homme en fuite…
— Déjà ! Bon sang, il ne perd pas de temps le capitaine. Demain il y aura sans doute des images de là-haut, de la combe. Je t'assure que ça vaut le coup, on se croirait en plein western, du côté des Indiens.
— Ce capitaine qu'on vous a envoyé de Marseille. On l'a vu lui aussi. Catherine dit que c'est la deuxième fois cette semaine. Tu n'as pas l'air de l'aimer beaucoup.
— Oh ! C'est sûrement un jeune homme plein d'avenir. Mais pour ce qui est de résoudre l'affaire… Qu'est-ce qu'ils ont dit d'autre ?
— Le journaliste a parlé d'un marginal. D'un homme qui ferait pousser de la drogue là-haut dans le Luberon. Vous croyez vraiment que c'est lui qui a tué cette pauvre femme ?
— Personne ne croit vraiment que c'est lui. Pas moi en tout cas. Tout ce qu'on a, c'est une lettre anonyme qui dit qu'on l'a vu rôder près de chez Tine, enfin près de chez la victime, qu'il s'est disputé avec elle. Pas de date, pas d'heure. Mais cet imbécile a eu la mauvaise idée de prendre la fuite. Alors, pour le moment, ça fait de lui un coupable parfait et ça arrange tout le monde. Le capitaine, la télé.
— Mais c'est injuste. Si ce n'est pas lui…
— Je ne m'inquiète pas trop pour ce gars. S'il a pris le maquis, c'est qu'il ne doit pas avoir la conscience bien nette. À moins que ce soit seulement à cause de sa petite plantation. À mon avis, pas de quoi fouetter un chat mais enfin, c'est interdit. Et puis je crois qu'il doit se sentir à l'aise dans le rôle du fugitif. À cheval, les cheveux au vent, seul contre tous. Le rôle de sa vie. Et d'ici qu'on le retrouve, il y aura peut-être du nouveau.

Giraud s'attarde encore un moment chez lui, goûtant ce moment de réconciliation, laissant la tension retomber. Peut-être que cette fois-ci encore il aura anticipé une catastrophe imaginaire, que les fantômes qu'il a lui-même créés finiront par s'évanouir.
Une idée le traverse. Il se lève.
— Lucchesi. On a son adresse quelque part ?
— Oui, je crois, dans le carnet. Tu sais, on échange toujours des cartes avec eux pour Noël.
Lucchesi possède le cabanon voisin du leur au Pradet, et chaque été ils partagent avec lui, sa femme et ses trois garçons parties de pêche et pique-niques à la plage. Le reste de l'année il est rare que leurs jours de congé coïncident. Lucchesi est flic à Marseille. Marie retrouve le carnet, le tend à Giraud.
— C'est drôle qu'il habite ce quartier. J'y ai vécu quelques temps quand j'avais neuf ou dix ans.
Il regarde sa montre, calcule un instant.
— Si je pars tout de suite, je peux être chez lui à sept heures. Il saura au moins me dire qui je dois voir. Ça nous fera gagner du temps. Et puis Lucchesi sera discret.
En se dirigeant vers la porte, il se demande s'il n'aurait pas dû célébrer le retour de la paix par un geste, un baiser. Marie a dû le sentir aussi. Elle le rappelle.
— Pierre ?
Il s'arrête un instant, la main sur la poignée de la porte.
— Fais attention. Je veux dire, sur la route. Ne va pas trop vite.
Giraud va franchir la porte quand sa femme le rappelle encore.
— Mes deux sœurs, Angèle et Corinne, elles ont épousé des saint-cyriens. À la sortie de l'église, elles ont eu droit aux plumets blancs et à la haie de sabres. Mais aujourd'hui, elles ont divorcé, toutes les deux.

Quand Giraud arrive dans le quartier Vauban, la ville achève tout juste de s'éveiller. Les balayeurs sont au travail. Ils ont ouvert les vannes et l'eau dévale les caniveaux des rues en pente, emportant vers la mer les salissures de la veille, faisant monter de l'asphalte mouillé une odeur de pluie d'été. Giraud trouve le numéro, cherche en vain une sonnette au bas de l'immeuble. La porte n'est pas verrouillée. Il entre dans le couloir mal éclairé, encombré de vélos d'enfants, où traînent des odeurs de cuisine froide, monte jusqu'au second. Après quelques instants, Lucchesi ouvre sa porte, en pyjama, une tartine beurrée à la main. Derrière lui, une radio psalmodie les cours de la Bourse, comme une oraison. Il contemple un instant Giraud sans le reconnaître, un air interrogateur sur son visage pas encore rasé. C'est vrai qu'il n'a jamais vu Giraud en uniforme. Ce n'est que quand celui-ci pense enfin à ôter son képi que son visage s'éclaire.
— Merde, c'est toi ? Entre. Eh ben, ça te change un homme, la tenue ! Qu'est-ce qui t'amène dans le quartier ? Le boulot ?
— Oui et non. Il faut que je t'explique. Si tu as cinq minutes.
— Bien sûr. On va aller dans la cuisine. Assieds-toi. Attends, j'éteins ce truc. Tu veux un café ?
Et se tournant vers le corridor :
— Cathy ! Ne te montre pas en bigoudis. Giraud est passé nous voir.
Cathy ne répond pas. On entend dans les profondeurs de l'appartement le sifflement d'un sèche-cheveux.
— Les minots sont pas levés. Ça va leur faire drôle de te voir ici.
— Je peux pas rester longtemps. Il faut que je sois à huit heures à la brigade.
Lucchesi regarde la pendule, puis Giraud. Son sourire s'efface un peu. Un aller-retour express au petit matin, sans doute des ennuis.

— Alors qu'est-ce qui t'amène ?
Giraud sort la photo de sa poche, la pose sur la table devant Lucchesi. Celui-ci la contemple un moment sans mot dire.
— Qui c'est ?
— Tu le connais pas ?
— Je crois pas, non.
Giraud, en quelques phrases, raconte son histoire tout en se demandant si tout ça n'est pas un peu ridicule. Après tout, il ne s'agit que d'un échange de lettres. Mais Lucchesi ne sourit pas.
— Ce que je peux déjà te dire, c'est que ce n'est pas un gros poisson. Je l'aurais déjà vu, au moins en photo. Même si je travaille au contrôle des frontières, tu le sais. Et puis tu sais sûrement qu'aux Baumettes il n'y a que des prévenus, ou bien des types qui finissent une courte peine, alors les gros condamnés, ils n'y sont pas. Mais bon, je vais me renseigner. S'il faut, je passerai là-bas dans la journée. Il y a un ou deux gardiens que je connais. On aura un nom. Après, c'est facile.
— Si ça ne te fait rien je passerai reprendre la photo demain. Tu comprends, ça pose un problème à Marie. Qu'Hélène se sente surveillée, tout ça. Pour le moment elle est chez ma sœur, à Lorgues, mais elle rentre dimanche.
— Quand on a des enfants, on doit les surveiller, que ça leur plaise ou non. On est bien placés pour savoir toutes les conneries qu'il y a à faire, non ?
— Je suis d'accord avec toi, tu le sais bien. Mais il y a des fois où les choses sont compliquées.
Il hésite un moment, puis se lance.
— Il y a trois ans, Marie, en rentrant de faire ses courses, a trouvé Hélène dans la salle de bains, blanche comme un linge, en train de vomir.
— Aïe.

— Non, c'était pas ça. C'était peut-être moins grave, enfin peut-être plus, je sais pas. Elle avait avalé à peu près tout ce qu'elle avait trouvé dans l'armoire à pharmacie. Tu imagines la suite. Ambulance, hôpital, lavage d'estomac, tout le cirque, quoi. Un sale moment à passer, tu t'en doutes. Pour elle et pour nous. En fait, elle n'avait rien avalé de vraiment dangereux, mais tu vois, elle avait fait le geste.
— Elle vous a dit pourquoi ?
— On n'a jamais vraiment réussi à savoir. Des problèmes avec les autres filles, à l'école, des histoires de gosses. Tu sais, un an d'avance, première de la classe, c'est pas aussi facile que ça en a l'air. Ça te rend pas vraiment populaire, même chez les bonnes sœurs. Surtout si en plus tu es la fille d'un simple gendarme. Il y avait un petit groupe qui menait la danse depuis les petites classes. La fille du bâtonnier, la fille du directeur du Canal, tu vois le genre. Pour les parents de ces gamines, un gendarme, c'est quelque chose comme un garde-chasse, un larbin, quoi. Les petites garces avaient décidé de la mettre en quarantaine, de faire comme si elle était invisible. Ça durait depuis trois mois. Les gosses sont comme ça, des fois. Après cette histoire, elle est allée voir une psychologue pendant un moment. On ne savait pas trop quoi faire.
— Et maintenant ?
— On dirait que c'est passé. Je crois qu'elle a réussi à trouver sa place, deux ou trois bonnes copines. Elle a eu son bac cette année. Mention très bien. Elle voudrait faire médecine, partir en Afrique, sauver le monde, tout ça.
— Alors, te fais pas trop de mauvais sang. Putain, j'aimerais bien que mes trois lascars… Enfin, une tête comme ça, c'est pas un petit voyou qui va la faire tourner, non ? Si c'est vraiment un voyou. C'est peut-être seulement un jeune qui a fait une connerie.

— Tu as vu sa petite gueule. Bien sûr que c'est un voyou. Et puis, Lucchesi, tu oublies qu'Hélène, c'est une fille. Tu sais vraiment comment ça fonctionne, toi, une fille de dix-sept ans ?
— Moi, j'ai que des mecs. Mais les ennuis, j'y aurai droit aussi, si ça peut te consoler. On n'a pas que du bon dans le quartier, et chez les minots, c'est toujours les plus cons qui commandent. On peut pas toujours les boucler à la maison.
En sortant de chez Lucchesi, Giraud va récupérer sa voiture sur la minuscule place où il l'a garée, à l'endroit même où sa mère, sa sœur et lui-même encore enfant avaient vécu plusieurs semaines chez une tante pendant que son père se faisait soigner à l'hôpital pour une mauvaise infection des bronches. Ces quelques mètres de pavés mal entretenus, entre lesquels pousse une herbe jaune, avaient été son univers pendant un temps, qui dans son souvenir semble se multiplier, et malgré le peu de lumière que les immeubles laissent pénétrer dans ce puits, malgré l'odeur de pauvreté des lieux, il lui semble avoir vécu là, parmi la marmaille du quartier, quelques heures de bonheur. Il lui semble même, à travers le léger vertige du manque de sommeil, que ce passé n'a pas disparu, qu'il est encore là, invisible mais à portée de main, autour de lui.
De retour à la brigade, en retard malgré les excès de vitesse, Giraud tombe en pleine réunion d'état-major. Cette fois, les cartes sont bien accrochées au mur. Le capitaine parle d'équipes cynophiles, envisage le survol de la zone si on lui accorde un hélicoptère.
— Guyomarc'h, vous repartez à la grotte avec Hauterive. L'équipe de Saint-Marc vous rejoint là-haut, deux bonshommes et un chien. Une équipe sur chaque berge et cette fois vous suivez la trace le plus loin possible. Vous prenez un talkie-walkie et vous restez en contact radio, naturellement.

Giraud, vous prenez quelqu'un avec vous et vous faites le tour des hameaux et des fermes isolées du plateau, dans le périmètre qu'il a pu atteindre cette nuit, je dirais, à peu près cette zone-là. Mettez les gens en garde. Donnez son signalement, il est assez facile à repérer, surtout s'il a gardé son cheval. Il faudra bien qu'il trouve à manger. Il pourrait aussi tenter de voler un véhicule. J'ai déjà fait passer la consigne aux brigades de Saint-Marc et de Roquefure, qui sont limitrophes.
Giraud hésite un peu, puis lève encore la main.
— Mon capitaine, on arrête d'interroger les types de la liste ?
— Pour le moment, on met le paquet sur Lataud.
Et avec quelque chose comme un petit air triomphant il ajoute :
— Nous avons eu un appel ce matin. Une madame… Jouvent, cette fois, pas une lettre anonyme. Lataud était en conflit avec la victime. En fait la grotte où il habite et les terrains autour appartenaient à Augustine Bouchard, qui se trouve être sa parente. Il aurait essayé de les acheter et elle lui en aurait demandé un prix qu'il jugeait exagéré. Elle aurait même menacé de le faire expulser.

Pour Giraud et Keller, le reste de la journée se passe à faire du tourisme dans l'arrière-pays. Si ce n'était la chaleur infernale qui règne dans l'Estafette, et qui fait ruisseler la sueur sous les chemises d'uniforme, ce seraient presque des vacances. Visiter une dizaine de fermes et de bergeries leur prend la journée entière et leur fait parcourir près de deux cents kilomètres de chemins vicinaux et de routes en lacets pleines de nids de poule. L'accueil va de la franche hostilité à l'offre d'un verre de vin, tradition oblige. Les hommes, des paysans pour la plupart, habitués à vivre loin des autorités et de leur encombrante protection, ne s'affolent guère, confiants dans

l'épaisseur de leurs volets et surtout dans le douze et les chevrotines qui ne sont jamais bien loin. Ce sont les femmes surtout qui craignent la figure du rôdeur nocturne, leur ennemi ancestral. Enfin, pas toutes les femmes. Il y en a au moins une qui ne tremble pas. C'est Suzanne Orcière, une vieille qui s'accroche toute seule, toute noire, dernière vivante de son hameau, à son tas de pierres et à son lopin de salades.
— Peur ? Et de quoi j'aurais peur, moi ? Vous m'avez bien regardée ? J'ai bientôt plus qu'à bader et mourir. Qu'est-ce qu'il pourrait me faire à moi, votre bandit ?
C'est vrai qu'elle est vieille comme les collines, mais on sent bien que, comme les collines, elle n'est qu'os et tendons sous ses vêtements de deuil, et qu'elle ne s'éteindra que quand elle aura perdu le goût de la lutte. Elle rentre dans sa cuisine protégée des mouches par un rideau fait de bandes de plastique multicolores, en revient portant deux verres à moutarde un peu ébréchés et une cruche en terre vernissée.
— Allez, buvez un coup. C'est de l'eau de la source. Y en a pas beaucoup, mais elle est bonne. Alors, il est d'où, votre homme ? C'est un d'ici ?
— Oui, il est d'ici, enfin, de là-derrière, de Fontfrède.
— Et comment il s'appelle ?
— François Lataud.
— C'est un Lataud de Fontfrède ? Alors c'est de ma parenté. Ma pauvre grand-mère, c'était une Lataud. Alors, je vais vous dire, si jamais il passe par ici, je le ferai manger, je le ferai boire, et à vous, je vous dirai rien.
Giraud et Keller ne peuvent s'empêcher de sourire.
— Et s'il vous coupe le cou ?
— S'il me coupe le cou, *aquelo empego* ! Au moins mes enfants me mettront pas chez les vieux, que ça fait bientôt dix ans qu'ils essayent.

C'est quand le soleil commence à descendre que Giraud et Keller atteignent leur dernière étape de la journée, la ferme des Malan, les plus proches voisins de l'Indien et de Sol, si l'on excepte les résidences secondaires. La bâtisse, un corps de ferme sans âge, avec des arcs-boutants de forteresse, presque sans fenêtres, est posée un peu de guingois au bord même du canyon, à peine distincte de la roche dont elle a été tirée et à laquelle elle finira par retourner quand il n'y aura plus d'homme vivant pour la faire tenir debout. Les deux gendarmes descendent du fourgon, dans l'odeur d'ammoniaque des moutons. Le vieux Malan sort de sa bergerie, fait taire ses chiens d'un cri bref, puis s'avance vers les gendarmes en regardant ses pieds. Il est de la race de ces collines, courte et forte. Giraud lui tend une main que l'homme serre à contrecœur. Sa paume est raide de cals. Lui non plus ne semble guère aimer les uniformes.
— Vous cherchez l'autre, l'Indien ? Je l'ai pas vu. Mais je suis descendu à leur grotte tout à l'heure.
— Pour quoi faire ?
— Les bêtes. Il faut bien que quelqu'un s'en occupe. Les chèvres, et le cheval, ils y sont pour rien.
— Le cheval est revenu ?
— Il faut croire. Il avait l'air d'avoir fait du chemin. Je l'ai nourri. Mais traire les chèvres, c'est un travail, et moi j'ai pas que ça à faire.
— Il n'y a pas grand-chose contre la fille. Elle devrait rentrer bientôt.
Malan ne répond pas, mais le regard qu'il lance à Giraud de ses yeux étonnamment bleus dans le visage couleur de terre cuite dit assez ce qu'il pense de la compagne de l'Indien.
— Vous le connaissez bien, ce François Lataud ?

— Comme ça. On est voisins, pour ainsi dire. J'ai été au régiment avec son père, on l'appelait Pouliet. Les chiens font pas des chats. Celui-là aussi c'était un original.
Giraud sait bien pour avoir entendu sa mère appliquer cet adjectif à son père qu'il ne faut pas le prendre pour un compliment.
— Il a des amis ? Des gens qui viennent le voir ?
— De temps en temps, ça arrive. Il vient deux ou trois voitures barbouillées comme la sienne. Un vrai carnaval. On les entend taper sur leurs tambours la moitié de la nuit. Le bruit, ça monte, surtout la nuit. Saouls, ou drogués, à moitié à poil, les filles comme les garçons. Un jour, ils pourraient bien foutre le feu.
— Ils viennent de loin, ces gens ?
Malan se tourne vers l'est, comme si on pouvait voir quelque chose au-delà de l'horizon de chênes verts qui s'assombrit.
— Vers Cazeneuve, il y a tout un hameau qu'ils ont acheté, soi-disant. Y a plus de paysans, là-bas non plus, tous morts, ou à l'hospice. Et les jeunes d'ici, ils préfèrent le bureau ou l'usine. Ils ont dû avoir ça pour une poignée de figues. Les Quérels, ça s'appelle. Ce qu'ils y trafiquent, de quoi ils vivent, j'en sais rien. Mais vos collègues de Saint-Marc doivent bien les connaître.
De retour au fourgon, Keller se met en devoir en agitant son képi d'en faire sortir toutes les mouches qui s'y sont installées.
— Roule, le courant d'air va les chasser.
— Chef, vous croyez pas qu'on devrait aller faire un tour chez ces hippies, à Cazeneuve ? À mon avis, l'Indien, c'est là qu'il est, en train de fumer le calumet avec ses copains.
— En tout cas, c'est bien ce que le père Malan a voulu nous faire savoir. Mais on va attendre encore un peu. Pas la peine d'en parler au capitaine pour le moment, il serait foutu de

leur envoyer les tanks. Dans quelques jours, tu vas voir, on ira le chercher bien gentiment, ou même il reviendra tout seul.

À la brigade, un message de Lucchesi l'attend, griffonné sur un bout de papier par Danjou : *Emmanuel Pinto, né le 3 mai 1947 à Marseille - six mois ferme pour conduite sans permis - j'en saurai plus demain.*

Manu

« Avant toi, ici, c'était la nuit. Une nuit sans étoiles, sans espoir, pleine de bruit et de fureur. Avant toi, je me contentais de compter les jours, comme les autres, en essayant de survivre jusqu'à ma libération. Mais je savais bien qu'au bout de ce tunnel, après la sortie, il n'y aurait rien ni personne pour m'attendre, seulement la vie solitaire et inquiète d'un mauvais garçon, que ce serait un autre genre de nuit qui commencerait. Jusqu'à la prochaine fois, jusqu'à ce que la prochaine bêtise me ramène ici.

Quand ta première lettre est arrivée, j'ai enfin senti que quelque chose de nouveau allait arriver dans ma vie. Elle était bien courte, cette première lettre, et elle ne disait presque rien de toi. Pourtant, à travers ces quelques lignes, je voyais pour la première fois se lever… »

— Putain, j'en reviens pas. C'est toi qui inventes tout ça ou tu l'as trouvé dans un bouquin ? Tu sais leur parler aux gonzesses, on dirait pas que tu es pédé. Ça me ferait presque chialer, tiens.

— Merde, Manu, tu sais que c'est pas vrai ce que tu dis. Tu as mal compris, c'est tout.

— Allez, ferme-la, va. Tu continues à m'écrire mes lettres et personne sera au courant de rien. Mais, putain, la prochaine, essaie de la faire un peu plus courte, quand même. Je me chope des crampes à les recopier.

Journal d'Edmond Lieutaud
Mercredi 10 mai 1944

Décidément je ne suis pas très sérieux avec ce journal. Je ne sais même pas s'il mérite encore ce nom. Pourtant je me dis qu'un jour il faudra bien que cette guerre se termine, d'une façon ou d'une autre, et qu'alors j'aurai peut-être oublié tous les détails de cette aventure. Si j'en sors entier, évidemment. Alors aujourd'hui j'ai décidé de rattraper un peu mon retard.
Il faut dire pour ma défense que la vie du maquis est loin d'être aussi palpitante que je l'avais imaginée. S'il n'y avait pas les multiples corvées que nous devons accomplir dans le simple but de trouver de la nourriture, de garder notre campement propre et toutes les manœuvres que le capitaine nous fait faire pour nous occuper, nous deviendrions tous gras comme des cochons. Il faut dire que grâce au capitaine justement, le ravitaillement ne manque pratiquement jamais, et que nous sommes bien mieux nourris ici qu'à Marseille où on crevait de faim. On se sentirait presque coupables de manger du bifteck de temps en temps si on ne se disait pas que d'un jour à l'autre les choses sérieuses vont commencer.
De ce côté-là c'est l'attente interminable qui continue. Hier c'était paraît-il l'anniversaire de l'offensive allemande en Belgique (quatre ans déjà !), et tout le monde se disait que ce serait une bonne date pour le débarquement des Alliés, le grand jour que nous attendons et pour lequel nous nous préparons

sans relâche. Pour donner encore plus de poids à la rumeur, depuis une semaine, le capitaine nous avait mis en alerte et avait doublé les tours de garde. Toute la nuit, Simon, moi et quelques autres, nous sommes restés éveillés sur nos paillasses en espérant entendre passer au-dessus de nous les escadrilles des Alliés. Et puis le matin est venu, la journée du 10 est passée et toujours rien à l'horizon. Une attente comme ça et jamais rien au bout, ça use le moral. Il y a des gars qui deviennent nerveux et on sent que la bagarre n'est jamais bien loin. Alors pour canaliser notre énergie le capitaine nous a fait faire un exercice d'évacuation en pleine nuit, un de plus. On dirait qu'on s'en est assez bien sortis parce que pour une fois il ne nous a pas engueulés. On voit bien que lui aussi il se ronge en attendant de sortir au grand jour.

Je vois tous les jours Antoine, bien sûr, mais c'est à peine si nous échangeons quatre phrases par semaine. D'abord il n'est pas dans la même sizaine que Simon et moi, et puis il n'a plus d'yeux ni d'oreilles que pour les deux « grandes gueules » qui sont avec lui et que je n'apprécie pas du tout, je veux dire les nommés Caillol et Rieu. Ce sont deux Marseillais comme nous, mais je les soupçonne fort d'avoir rejoint le maquis pour échapper à la police qui les serrait d'un peu trop près. Ils ne sont pas les seuls dans ce cas, bien sûr, il n'y a pas ici que des boy-scouts, mais en ce qui les concerne je ne pense pas que la politique ou le patriotisme y soient pour grand chose. Il faut voir la tête que fait Rieu par exemple quand il lui faut tenir à la main un outil de travail comme une pelle ou une pioche, comme si ce simple contact pouvait le déshonorer. Caillol, lui, ne dit jamais non, il se contente de tirer au flanc dès qu'il peut le faire sans s'attirer d'ennuis, ou bien il trouve une bonne âme pour faire les corvées à sa place moyennant un billet ou deux dont il semble avoir encore une

bonne réserve. D'ailleurs Jeannot, leur chef de sizaine, prend des gants avec eux. Ce qui me fait mal au cœur c'est de voir comment Antoine essaie de les imiter dans leur façon de parler, et même de marcher en roulant des épaules, peut-être sans même s'en rendre compte. Simon prend ça à la rigolade comme à son habitude. Il fait une imitation de Rieu à se tordre de rire avec un accent à couper au couteau et des « mon collègue » à chaque coin de phrase. Quant à Daniel, il dit que quand il y aura de l'action, on verra bien ce que feront ces rouleurs de mécaniques. Il ne leur donne pas cinq minutes pour prendre la tangente.
À propos de Daniel, il faut que j'écrive quelque chose d'incroyable, en espérant qu'il n'aura jamais l'idée d'ouvrir ce cahier : Daniel le timide, le taciturne, le secret, Daniel est amoureux ! Il me l'a avoué lui-même après que je l'ai surpris en pleine contemplation de la photo de sa dulcinée et que je l'ai menacé de mettre les autres au courant. Je crois d'ailleurs qu'il n'était pas trop fâché de trouver une oreille complaisante pour écouter ses roucoulements. Voilà comment il s'y est pris pour rencontrer l'âme sœur dans ce monde de bonshommes où on n'entend guère le froufrou des jupons. Il faut d'abord savoir que Daniel est originaire de Fontfrède, qui est le village le plus proche de notre campement, et qu'en tant qu'« indigène » il connaît chaque coin de ces collines comme sa poche. Depuis que ses parents sont partis chercher du travail en ville, quand il était petit, il a passé toutes ses vacances au village, chez sa grand-tante Judith, et il a arpenté la campagne dans tous les sens. C'est pour cette raison qu'il fait souvent partie des expéditions que le capitaine lance chez les fermiers des alentours pour essayer d'améliorer notre ordinaire. Les paysans ne sont pas toujours très accueillants, et quelqu'un du pays leur inspire davantage confiance qu'une bande de hors-la-loi

qui vivent dans les collines. C'est comme ça que Daniel, le grand Tintin, Dulcinée et sa tante se sont tous retrouvés en même temps chez un paysan, qui après leur avoir assuré qu'il n'avait rien, a fini par accepter de leur céder deux douzaines d'œufs, à dix francs l'un tout de même, il ne faut pas perdre le nord. Et sur ce fond de marchandages, voilà que leurs regards se croisent, et puis se recroisent, enfin que le tonnerre éclate dans le ciel bleu, il ne manquait plus que les violons. Si ça n'avait pas été Daniel, j'aurais éclaté de rire, mais voilà c'était Daniel et je n'avais pas envie de prendre son poing dans la figure avec les quatre-vingt kilos qu'il y a derrière. Mais j'imagine bien la scène : d'un côté, la candide jeune fille chaperonnée par sa vieille tante (il m'a montré la photo qu'elle lui a donnée : elle se tient debout bien droite, les mains sur le guidon de sa bicyclette devant la statue d'un éléphant, dans un jardin ou un parc. « Pas mal, si on aime les blondes maigrichonnes » dirait Simon), de l'autre le jeune « maquisard » plein de mystère, parce que naturellement comme tout le monde est plus ou moins au courant de notre présence, la jeune fille devait savoir pour qui ce brun ténébreux venait faire les courses.

La deuxième rencontre, je la soupçonne d'avoir été un peu arrangée, en tout cas par Daniel, parce que le grand Tintin qui l'accompagnait râlait comme un pou d'avoir dû faire un détour de quatre kilomètres pour passer près du village. Cette fois la tante n'était pas là et les tourtereaux ont pu se parler. J'ai du mal à imaginer Daniel en train de conter fleurette à une fille, mais il faut croire qu'il est plus déluré qu'il n'en a l'air ou que c'est elle qui a de la ressource pour deux. Les amoureux ont même inventé un système pour communiquer en s'écrivant de petits mots qu'ils glissent entre les pierres d'un vieil oratoire à la sortie du village, parce qu'évidemment la tante est un dragon. Daniel m'a même montré un de ces billets, qu'il vénère bien sûr comme une relique, écrit serré à l'encre violette sur une page de cahier. Je n'ai pas lu tout le laïus, d'ailleurs Daniel gardait la main dessus mais ça finissait par « votre amie sincère ». Ils en sont encore à se dire « vous » ! La fille s'appelle Elisabeth Baumann, mais son petit nom c'est Liesel. Évidement je me suis écrié : « Mais c'est boche comme nom ! », ce qui a failli me coûter une oreille. « Va pas t'aviser de la traiter de Boche, andouille ! Elle est alsacienne ! Son père y a laissé sa peau, contre les Boches ! Alors elle est plus française que toi et moi. » Il a bien fallu que je fasse les excuses les plus plates à sa divinité. Deux minutes après, il me demandait pardon de s'être énervé contre moi. Il a fini par me dire : « C'est un truc que tu peux pas comprendre ». Tout ce que je comprends, c'est que Daniel n'est plus le même. D'un côté, il a l'air d'un parfait crétin sentimental, mais d'un autre, on dirait qu'il a grandi. Je veux dire qu'il a perdu ce qui lui restait d'insouciance, enfin qu'il est passé du côté des adultes, des gens qui ont une responsabilité.

Giraud

Passent cinq jours d'août, pendant lesquels les automobiles continuent à se jeter les unes contre les autres, quoiqu'à un rythme moins soutenu. Les journaux comptent les morts, chaque année une petite guerre. Les voleurs pendant les vacances redoublent d'efforts, les villes exportent avec leurs habitants leurs petits et leurs grands trafics, les ivrognes locaux continuent à battre leurs femmes. La routine, donc, reprend ses droits. La réunion quotidienne annoncée par le capitaine a été annulée pour les deux jours à venir, Mercier ayant annoncé que les compétences de cet officier étaient réclamées ailleurs. On avait réussi à lui ramener Gambette, mais après une heure, le capitaine avait fini par le jeter dehors faute de pouvoir en tirer deux paroles cohérentes, sans même réussir à le convaincre de s'asseoir sur une chaise. Peut-être aussi poussé par le besoin urgent d'aérer son bureau. Comme il faut bien utiliser les deux gendarmes en renfort, on les envoie interroger les vieux clients, briseurs de clôtures, escaladeurs nocturnes et revendeurs de métaux non ferreux, non seulement sans autre résultat qu'une production accrue de paperasse, mais sans même qu'aucune nouvelle ébauche de piste n'en sorte. L'Indien, lui, est toujours sur la liste des personnes recherchées, mais on le traque bien mollement, pour ne pas dire pas du tout, depuis l'arrivée du rapport du laboratoire. Sur le couteau de Lataud, c'est bien du sang animal que le laboratoire a trouvé. *Capra aegagrus*, a même précisé le biologiste, en ajoutant tout de même entre parenthèses « chèvre domestique ». Giraud s'est demandé si c'était censé être un trait d'humour. Les divers organes de presse ont d'ailleurs été informés de cette découverte qui n'a pas eu l'air de les intéresser beaucoup. Pas au point en tout cas d'y consacrer une ligne ou une seconde de journal télévisé. Il faut dire que depuis la reprise du mistral et après la canicule des dernières semaines, dans toute la Provence les pinèdes flambent comme de l'amadou. Le décompte des hectares partis en fumée et les belles images de Canadair font des premières pages très présentables. Solange Richier, dont le casier judiciaire était encore vierge, a pu retourner auprès de ses chèvres avec une vague inculpation de détention de stupéfiants. On lui a rendu son gosse dûment baigné, vermifugé et vacciné. Il aura au moins gagné ça.

Giraud, avec l'accord de l'adjudant, s'est rendu aux obsèques d'Augustine Bouchard.

— Allez-y en civil, a précisé Mercier. Tant qu'on n'aura pas plus de résultats, ce n'est pas la peine de trop montrer nos uniformes là-haut.

Au village, personne ne se souvient d'avoir jamais vu Tine fréquenter l'une ou l'autre église mais ses parents étant enterrés dans la partie protestante du cimetière, de loin la plus étendue, c'est le pasteur qui s'est chargé de la cérémonie. Le village presque au grand complet a suivi le corbillard le long de la Grand-Rue jusqu'au temple, puis jusqu'au cimetière, le maire et ses adjoints, drapés de tricolore, menant le cortège, à défaut de famille.

À la porte du cimetière, trop petit pour accueillir la foule, le silence est lourd, sans larmes mais plein d'une colère d'autant plus amère qu'elle n'a personne contre qui s'assouvir. Un photographe de presse, qui avait tenté de s'installer à cali-

fourchon sur le mur du cimetière pour trouver un angle de prise de vue original, a dû en redescendre plus vite qu'il n'aurait voulu. Giraud serre quelques mains, dont celle de Zé Grégoire et de deux autres vieux à casquette, Roman et un petit homme tout ridé dont il ne connaît que le sobriquet, Pompon.
— Alors, chef, rien de neuf?
— Pas grand-chose.
— Le jeune, Lataud, vous l'avez retrouvé ?
— Non.
— Vous le cherchez toujours ?
— Si on veut.
— Ah ! Je me disais bien qu'il avait rien à y voir !
— Toi, tu en sais toujours plus que les autres, intervient Roman.
— J'en sais pas plus mais moi au moins je réfléchis. Pourquoi on irait chercher celui-là plutôt qu'un autre, juste parce qu'il se laisse pousser les cheveux et la barbe ? Les gens, ils leur en veulent à ces jeunes. À moi, ils m'ont rien fait. Je parierais que quelqu'un l'a dénoncé. J'ai pas raison, chef?
Giraud ne répond pas, peu attentif au bavardage du vieux. Il aimerait entendre le discours que le maire prononce au bord de la fosse, mais il est trop loin et il n'y a guère moyen avec sa grande taille de fendre la foule sans se faire remarquer.
— En attendant, s'ils étaient pas là-haut avec leurs chèvres, qu'est-ce qu'il y aurait, aux Mourgues ? Des Hollandais, des Anglais qui viennent trois semaines par an, et le reste du temps, des cailloux et des sangliers.
— Il y a Malan.
— Malan, peuchère, il est vieux, il est de la même classe que moi. Alors, il a beau être costaud, combien de temps il va tenir encore ? Son fils, il travaille au Crédit Agricole à Pallières, en costume-cravate tous les jours, et les mains propres. Tu

crois qu'il va se mettre à faire le berger, quand le vieux y sera plus ?
Zé a haussé le ton, des têtes se tournent.
— En attendant, reprend-il plus bas, Tine, elle en aura réchappé une fois, mais pas deux.
Giraud dresse l'oreille.
— Pourquoi vous dites ça ?
— Vous savez pas ? On a déjà eu un crime ici.
— Un crime, mais quand ?
— Pendant la guerre.
Les deux autres vieux soupirent, secouent la tête d'un air accablé.
— *Es maï aqui* avec sa guerre. Mais qu'est-ce que tu vas encore nous sortir ? Il y a pas meilleur que toi pour tout mélanger.
Zé s'apprête à répliquer mais la cérémonie se termine et le mouvement de la foule qui reflue du cimetière interrompt la conversation. Le groupe se défait. Giraud décide de ne pas lâcher le vieux Grégoire.
— Ça vous dirait d'aller boire un verre chez Aumand ? Vous pourriez me raconter cette histoire de crime.
La promesse d'un verre à l'œil et d'un auditoire attentif n'a rien pour déplaire à Zé.
— Si vous aimez les vieilles histoires…
Aumand se vante souvent de n'avoir pas fermé son bar un seul jour depuis quinze ans qu'il en est le gérant. L'établissement va d'ailleurs faire le plein comme à chaque fois que le village rassemble ses ouailles dispersées dans les villes et les villages environnants, à l'occasion des fêtes votives, des élections ou des enterrements.
Les hommes écartent un à un le rideau de perles, certains portant sur le bras la veste sombre qu'ils réservent aux occasions solennelles. Encore graves, ils s'accoudent au comptoir.

Giraud et Zé prennent place à une table dans un angle, près du téléviseur éteint. La mère d'Aumand, sans doute engagée en renfort, vient prendre leur commande. Giraud s'accorde un demi, se disant qu'après tout il est en civil, s'il n'est pas officiellement de repos et Zé commande une mauresque, dans un grand verre car il est encore tôt. Giraud attend que les consommations soient servies et que Zé ait trempé ses lèvres avec une gourmandise manifeste dans le liquide opalescent. L'atmosphère du café est en train de changer. Quelqu'un a dû lancer une blague, on entend quelques rires. Bientôt ce sera cette vague euphorie des retours de cimetière, quand on conte les bons tours du défunt et que chacun se réjouit plus ou moins consciemment d'être encore une fois revenu de la promenade.

— Alors, ce crime ?

— Eh ben, ça aussi, c'était pendant la guerre. Vers la fin. Ça devait être en 44. Il y a eu le débarquement juste après, celui de Normandie, je veux dire. Il y avait ce couple de vieux qui habitait au château. Jausseran, ils s'appelaient.

— Quel château ?

— Nous on a toujours dit le château, mais c'est peut-être pas un vrai château. Ça s'appelait le Tonkin. Un drôle de nom pour un château. Plus personne y va maintenant, à cause du canal qui a coupé le chemin. Ça a dû tomber en ruines, depuis.

— Ah, je vois ce que c'est. Cette grosse bâtisse qu'on voit de la route de Pallières, au moment où on passe la bosse. C'est vrai qu'avant le canal, ça devait être tout près d'ici.

— Un kilomètre ou deux, pas plus.

— Qu'est-ce qui s'est passé ?

— Ça, on n'a jamais vraiment su. Tout ce qu'on sait, c'est que Tine – c'est elle qui leur servait de bonne à l'époque, et

de cuisinière aussi – enfin un matin, en prenant son service, elle les a tous trouvés morts.
— Tous, vous voulez dire tous les deux.
— Tous les trois. Ils avaient une nièce qu'ils gardaient avec eux. Une petite jeune fille, je sais pas, peut-être seize ou dix-sept ans. Un vrai massacre.
— Et on a arrêté les coupables ?
— Pensez-vous ! Les gendarmes – excusez-moi, mais vos collègues de l'époque, ils étaient pas toujours à regarder du côté où il aurait fallu – enfin, ils ont bien interrogé un peu les uns et les autres. Mais avec tout ce qui se passait à ce moment-là... Si quelqu'un avait su quelque chose, pas sûr qu'il leur aurait parlé de toute façon. Pour le journal, je me rappelle, c'était *Le Petit Provençal* à l'époque, c'était évidemment un coup des « terroristes », c'est comme ça qu'ils disaient à l'époque. Pour le maire aussi, Pélanchon. Celui-là, il en avait pour le Maréchal. Mais personne n'y croyait ici. Des malfaisants qui cherchent le mauvais coup, il y en a toujours eu. Les Boches aussi sentaient déjà qu'ils avaient perdu, il valait mieux pas se trouver sur leur chemin, vers la fin.
— Vous dites que Tine a échappé au massacre. Elle avait l'habitude de passer la nuit au château ?
— Non, elle habitait déjà la même maison, au village. C'est un oncle qui la lui avait laissée. Elle avait encore sa mère. Elle y allait le matin et elle rentrait le soir chez elle. Mais quand même, elle est pas passée loin.
— Ce qui m'épate, c'est que trente ans après, vous vous souveniez encore de son emploi du temps. Décidément, vous avez bonne mémoire.
— Vous avez pas connu Tine quand elle était jeune. Tous les hommes qui étaient restés là gardaient un œil dessus, faute de pouvoir y mettre aussi la main. Moi comme les autres. On la

voyait passer sur son vélo. On savait jamais si c'était exprès que sa jupe volait un peu haut. En tout cas ça valait le coup d'œil.

— Il vous arrivait d'y aller, au château ?

— Moi ? Qu'est-ce que j'y aurais fait ? Non, le vieux et la vieille, c'étaient de vrais aristocrates, trop fiers pour jeter les yeux sur un paysan comme moi. Avant la guerre, ils avaient un type qui travaillait pour eux, moitié jardinier, moitié garde-chasse, un qu'ils avaient pris à Saint-Martin, un vrai sauvage. Il aurait pas fallu s'aventurer sur les terres de ses patrons, on se serait pris un coup de fusil. Il s'est fait tuer en 40, là-haut dans le Nord, ils l'ont pas remplacé mais le pli était pris, on se tenait éloigné. Lui, Jausseran, c'était un ancien officier de la guerre de 14. Raide comme la justice, avec une jambe de bois qu'il avait gagnée dans les tranchées, à ce qu'on disait. En tout cas, au garde-à-vous devant le monument aux morts chaque 11 novembre, avec ses galons de colonel et toutes ses médailles, même après que les Allemands sont arrivés. Pélanchon était là aussi, pas moyen de faire autrement, mais il n'en menait pas large. Vous comprenez, le 11 novembre, c'était pas un bon souvenir pour les Boches. Alors, Pélanchon pouvait toujours raconter que c'était le maquis qui avait fait le coup, on n'y croyait pas.

— Et sa femme ?

— Une grande maigre, encore plus orgueilleuse que lui. Toujours en noir, avec une grande croix en or autour du cou qui se voyait de loin. À l'époque, le curé venait encore trois fois par semaine dire sa messe. Elle n'en manquait pas une, même si de temps en temps elle était la seule cliente.

— Parce qu'ici, les gens sont plutôt protestants, non ?

— Plutôt, même si le pasteur n'a guère plus de monde que le capelan. Mais on sait que c'est de là qu'on vient. Alors, baptême, mariage ou enterrement, on va au temple.

— Vous croyez que quelqu'un du village a pu faire le coup ?
— Non, chef. On les aimait guère, c'est vrai, mais de là à les massacrer… Moi j'ai toujours cru que c'était des Boches qui avaient fait le coup.
— Augustine a dû être interrogée.
— Sûrement, mais ça, je m'en souviens pas. Vous savez, il s'est passé beaucoup de choses à cette époque. Et cette histoire, elle s'est, comment dire, fondue dans le reste. D'ailleurs, avant aujourd'hui, je crois pas y avoir repensé deux fois en trente ans.
— Vous pensez que d'autres en savent davantage, ici ?
— Ça se peut. Il y a M. Fabre, l'ancien maître d'école, qui fait une espèce de journal du village. Si vous voulez, je vous mène le voir. Il est plus tout jeune, pensez qu'il m'a tiré les oreilles, il a dû prendre sa retraite vers 45. Mais il a encore toute sa tête. Et surtout, il écrit tout dans ses cahiers. Il est ravi quand on vient lui demander de les voir.
Giraud emboîte le pas à Zé, tellement excité qu'il en oublie par moments sa patte folle et se met presque à trottiner dans les ruelles pourtant abruptes et les escaliers irréguliers. D'ailleurs, la maison n'est pas loin, à deux pas de l'école. Le vieil homme qui leur ouvre la porte semble sortir d'un livre d'images tant il est net et lustré. Giraud a du mal à croire qu'il puisse avoir au moins dix ans de plus que Zé.
— M. Fabre ? Si vous avez un moment…
— Entrez, entrez, je vous en prie. Entre, Joseph. Essuie tes pieds.
Le salon minuscule sent l'encaustique. Tout y est astiqué, rangé à la perfection.
— Je suppose que vous venez pour voir mes cahiers. Oh ! Ne soyez pas étonnés que j'aie deviné le but de votre visite, il n'y a guère que pour mes cahiers que l'on vient encore me voir.

J'étais d'ailleurs occupé à rédiger le compte-rendu de l'enterrement de cette malheureuse Augustine.
— M. Grégoire m'a dit que vous teniez une sorte de journal du village.
Le vieil homme fait entendre un rire haut perché.
— Oui. On peut dire les choses comme ça. Tenez, allons dans mon bureau et dites-moi ce que vous cherchez.
Dans le bureau en question règne le même ordre méticuleux que dans le reste de la maison. La pièce est couverte du sol au plafond d'étagères chargées de gros volumes reliés en toile rouge, tous quasiment identiques.
— J'ai pensé un moment à les apporter à un relieur, mais devant le coût, j'ai décidé d'apprendre à le faire moi-même. Un homme de l'art ferait la grimace mais ça tient.
— C'est très impressionnant.
— Fontfrède a été mon seul et unique poste. J'avais à peine vingt ans quand je suis arrivé ici, en 1910. Les premières pages ont été écrites avec mes élèves d'alors. J'avais acheté de mes propres deniers une petite presse à imprimer. C'était un procédé un peu lent, mais cela donnait aux enfants l'envie d'écrire. N'est-ce pas Joseph ?
— Pardi. Sans vous, jamais j'aurais eu mon certificat. Pour tailler la vigne ou les oliviers, ça allait, j'apprenais vite, mais l'école, c'était pas mon fort.
— J'ai vite décidé d'écrire ma propre contribution sur des cahiers séparés. Et depuis, je n'ai jamais cessé. Les gens viennent me consulter pour vérifier un détail qu'ils ont oublié, pour régler un désaccord sur une date, et parfois pour vérifier que je n'oublie pas de noter la naissance de leur petit dernier ou telle calamité agricole. Mais vous êtes gendarme, le maréchal des logis-chef Giraud, si je ne me trompe pas. Vous avez déjà votre place dans ces pages.

— Moi ?
— Bien sûr, à propos de votre enquête actuelle bien sûr, mais déjà il y a deux ans lors du suicide de ce malheureux Jouvent. Mais je me laisse aller à bavarder. Dites-moi plutôt ce que vous cherchez.
— Ce crime au château, en 1944.
— Ah, oui, cette affreuse histoire. En 44, en effet, le 1er juin, je crois. Tenez, aidez-moi à placer l'escabeau. Voilà. C'est ce volume. Prenez place à mon bureau, vous aurez plus de lumière.
Giraud s'installe, ouvre le cahier et se retient tout juste de siffler d'admiration devant la calligraphie parfaite, à l'encre violette, qui contraste si fort avec la cruauté des faits rapportés. Le récit s'étale sur plusieurs jours, à mesure que les informations ont dû parvenir à l'instituteur. Il confirme le récit de Zé Grégoire. Jausseran et sa femme ont été abattus chacun de deux balles, dont une en pleine tête, peut-être tirée à bout portant par un révolver d'ordonnance dont l'étui a été retrouvé dans le coffre-fort. Celui-ci ne contenait plus quand le crime a été découvert que des papiers sans valeur. La nièce du couple, Elisabeth, qu'ils avaient recueillie après que son père eut été tué dans les premiers jours du conflit, a eu hélas pour elle une mort moins rapide. Un des agresseurs a dû être blessé, car des traces de sang ont été retrouvées aussi dans le jardin. Soigneusement collé au bas d'une des pages, un rectangle de papier jauni, l'article du *Petit Provençal* du 4 juin 1944 :

Encore une fois,
les bandits sèment la terreur dans nos campagnes

Le paisible village de Fontfrède, près de Pallières, a été le théâtre d'un drame sanglant. Dans la nuit du 1er au 2 juin, une bande de malfaiteurs s'est introduite dans la propriété de M. Jausseran, colonel en retraite, héros de la Grande Guerre, et sous la menace de leurs armes se sont fait ouvrir le coffre où la famille gardait ses objets de valeur. L'officier ainsi que son épouse ont ensuite été froidement abattus. Leur nièce, à peine âgée de dix-sept ans, a quant à elle été étranglée après, faut-il le dire, avoir subi les derniers outrages. On reconnaît là les procédés ignobles des bandits communistes qui, armés et stipendiés par l'étranger, infestent la région et sous couvert de patriotisme s'attaquent lâchement aux citoyens sans défense.

Quelques lignes plus loin, avec une exactitude imperturbable et le même luxe de détails, le cahier fait état de l'aspect du ciel, de la fin des travaux sur le chemin de Repentance ou de la mort du mulet d'Ernest Grange. Avec raison, pense Giraud.

— Bien sûr, vos propres archives vous en diront davantage.

— Peut-être. Si elles existent encore. Il faudrait se mettre à leur recherche, et sur une simple intuition, je doute qu'on m'en donne les moyens.

— Une intuition ?

— À propos des deux affaires récentes, bien sûr. Deux sexagénaires retrouvés morts à Fontfrède en quelques jours. Des morts bien différentes, mais peut-être y a-t-il eu un lien entre eux dans le passé. Enfin, c'est une idée à laquelle je m'accroche, mais je me demande de plus en plus pourquoi.

— Ce crime de 1944, on en a donné une explication à l'époque.

— Laquelle ?

— Quelques jours après les faits, alors que les Alliés avaient déjà débarqué en Normandie et qu'on les attendait sur nos côtes, deux déserteurs allemands ont été pendus par la Gestapo qui possédait une antenne à Pallières. Ils avaient attaqué un mas isolé, battu et enfermé dans la cave le couple de fermiers.

Ils comptaient bien se terrer là jusqu'à l'arrivée des Américains et se constituer prisonniers, mais hélas pour eux, ceux-ci ont trop tardé. Quelqu'un les a aperçus et les a dénoncés. La Feld-gendarmerie les a repris. Évidemment, je n'ai pas relaté ceci dans mes cahiers, dont la lecture était ouverte à tous.
— Vous croyez que ces hommes auraient pu être les auteurs du crime de Fontfrède ?
— Ceux-là ou d'autres. C'est en tout cas une explication qui a couru. Elle avait le mérite de clore l'affaire. C'était une époque où la violence s'étalait au grand jour. Même un tel crime prenait moins de relief alors qu'il ne l'aurait fait en temps de paix. Pensez que quatre hommes du maquis ont été fusillés presque dans la même semaine. La vie humaine avait perdu beaucoup de sa valeur, au moins pour certains.

En rentrant à la brigade, Giraud trouve un message de Lucchesi lui demandant de le rappeler d'urgence.
— Bon, j'ai les renseignements. Mais je t'avertis, ça va pas te plaire.
— Vas-y.
— Emmanuel Pinto, dit Manu, dit Belle-Tête. J'avais entendu parler de lui, mais jamais sous son nom entier. Bon, pour faire court, c'est un maquereau. Un protégé de la famille Rocca. Il a pris la suite de son oncle Émilien qui s'est fait descendre à Toulon. À l'époque une des filles a essayé d'en profiter pour prendre le large. Il lui a tailladé le visage et lui a pété toutes les dents à coups de marteau. C'est un vrai dingue. La conduite sans permis, c'est tout ce qu'on a réussi à lui coller, faute d'un témoin qui ait le courage de parler. Giraud ? Tu es toujours là ?
— Je suis là.
— C'est pas fini. Tu sais où est ta fille, là, maintenant ?

— Oui, à Lorgues, chez ma sœur. Enfin, je crois. Putain, pourquoi tu me demandes ça ?
— Parce que le Belle-Tête, il est sorti avant-hier.

Bonne brise

Le vent a forci, apportant de loin dans des bouffées d'air tiède le goût à la fois sucré et âcre d'un incendie qui doit être assez proche, car la fumée voile de temps en temps le soleil, lui donnant un éclat rougeâtre de fin du monde. La végétation du parc semble être résignée à subir le feu, peut-être même attend-elle avec impatience cet anéantissement. La canicule a vidé les plantes de toute humidité superflue, distillant les sèves pour n'en laisser, sous les feuillages coriaces, vernis ou acérés, que la plus pure essence, la part aromatique et inflammable. Les insectes crissent à l'unisson, invoquant indifféremment le feu ou le déluge. Mon corps aussi achève sa combustion et les drogues, que le toubib à Dakar m'a abondamment fournies, peinent à tenir à distance la flamme de la douleur, sauf à atteindre des doses qui me rendraient incapable d'aller jusqu'au bout de ma tâche.

Giraud

Le portail de la villa est ouvert à demi. De la rue, on n'aperçoit que l'arrière d'une berline allemande, vitres noires et chromes astiqués, garée devant une copie industrielle du *David* de Michel-Ange, en béton imitant le marbre, et le haut d'un palmier au-dessus du mur d'enceinte. Giraud ralentit à peine, son pare-chocs bouscule le vantail métallique qui s'en va claquer contre le mur dans un grand bruit de ferraille. La petite Peugeot creuse deux ornières dans le gravier, finit sa course dans la pelouse. Giraud ouvre la portière, se déplie. Un homme sort de la piscine par l'échelle, bronzage soigné, épaules basses de boxeur, lourde chaîne d'or au cou, son sexe moulé dans un minuscule slip de bain argenté. L'eau ruisselle sur la toison noire de son torse.

— Putain, qu'est-ce que c'est ce bordel ?

Attablés sous un parasol, Manu et deux filles. L'une d'entre elles se lève, se précipite sur sa serviette pour cacher ses seins, l'autre se contente de regarder Giraud d'un œil vide. Celui-ci s'approche de la table. Du coin de l'œil il perçoit le mouvement de l'autre homme vers l'entrée de la villa, tend un doigt vers lui.

— Toi tu restes ici. J'ai juste un mot à dire à Monsieur. Ça prendra cinq minutes.

Manu, sans quitter Giraud des yeux, fait signe au culturiste de ne pas bouger, pose avec précaution son verre qui contient quelque chose de vert avec beaucoup de glaçons.

— Qui tu es, toi ? Qu'est-ce que tu veux ?
— Je m'appelle Giraud, on s'est jamais vus. De toi, je veux rien, rien du tout. Mais j'ai une fille qui s'appelle Hélène, si ça te dit quelque chose.
L'autre regarde autour de lui, essaie de jauger la situation, fait de son mieux pour rester impassible. De près, il est beaucoup moins beau que sur la photo. La prison ne l'a pas arrangé. Ses yeux sont rouges, il lui manque deux dents en bas, mauvaise hygiène dentaire ou héroïne. Ses tatouages à l'encre bleue sont loin d'être des chefs-d'œuvre et côté bronzage, il a un été de retard. Du regard, il explore les vêtements de Giraud, à la recherche du renflement d'une arme. Il se dit sans doute qu'un homme n'entrerait pas de cette façon chez lui sans en porter une. Giraud tire vers lui une des chaises métalliques et s'assoit de façon à garder tout le monde dans son champ de vision. Les filles mâchent leur chewing-gum et attendent de voir.
— Tu es venu pour me raconter ta vie ?
— Pas toute ma vie. Seulement qu'en plus d'être le père d'Hélène, ça se trouve comme ça, je suis un flic, enfin gendarme, mais je suppose que pour toi c'est pareil. Et que toi, il se trouve que tu es un maquereau. Tu comprends que ce sont des choses qui ne vont pas bien ensemble. Alors, voilà ce que je suis venu te dire : si jamais je te vois tourner autour d'Hélène, de près ou de loin, je te mets une balle dans la tronche. Après, il se passera ce qui se passera, je m'en fous. Peut-être on me donnera six mois avec sursis, ou peut-être une médaille. Voilà. Tu vois, c'était pas long. Je te laisse réfléchir.
Pendant qu'il regagne sa voiture, la voix de l'autre, trop fort, pour la galerie, pour tenter de sauver la face :
— Putain, je vais avoir un beau-père flic ! Tu as entendu, Loulou, je vais pouvoir me faire sauter les P.-V. ! Écoute-moi, poulet !

Giraud s'arrête un instant, devant sa portière ouverte. Tendu par la colère comme une corde d'arc. S'il a gardé un holster sous son blouson de toile, il a pris soin de laisser son arme dans la boîte à gants, le chargeur à part.

— Y a un truc que t'oublies. Dans huit jours c'est son anniversaire. Eh oui, elle me dit tout. Elle est majeure, la petite. Libre d'aller où elle veut. Maintenant elle est plus à toi, tu m'entends ? Elle est à moi.

Giraud essaie de contrôler son souffle.

— Six mois. Avec sursis. Réfléchis.

Évidemment, pendant qu'il fonce vers Lorgues par l'itinéraire le plus direct, une suite de départementales peu fréquentées, c'est sa voiture qui fait les frais de sa rage, pendant que repasse à l'infini sur son écran intérieur le film de lui-même vidant un chargeur de 9 mm dans la figure du proxénète, jusqu'à ce qu'à la sortie de Tavernes, après avoir évité de justesse d'abord un camion de livraison puis un chêne centenaire, il se retrouve par miracle sur ses quatre roues dans une friche en contrebas de la route au milieu des cades et des arbousiers. S'extraire de là par ses propres moyens lui prend une demi-heure, le temps de finir de distiller son adrénaline. Quand il arrive chez sa sœur, il fait nuit. Comme toujours pendant les vacances d'été, la cour de l'école est ouverte. Giraud y gare sa voiture, claque un peu la portière pour qu'on l'entende arriver. Odette et son mari l'accueillent avec surprise dans l'appartement de fonction au-dessus des classes. Il était convenu qu'Hélène prendrait le car du lendemain.

— Rien de grave, au moins ?

— Non, non, rien de grave. Seulement, il y a des choses dont je voudrais discuter avec Hélène. Je me suis dit que la voiture, c'est un bon endroit pour se parler, alors je suis là.

— Pourquoi tu n'as pas téléphoné ?

— C'est un peu compliqué.
Odette se contente de le regarder calmement. Le frère et la sœur n'ont jamais été très proches, mais se comprennent tout de même à demi-mot.
— Je te raconterai. Mais plus tard.
Odette, sachant qu'elle n'en tirera rien de plus, choisit de ne pas insister.
— Les filles sont dans la cuisine, en train de faire la vaisselle, et probablement aussi de glousser, comme d'habitude. Je vais dire à Hélène que tu es là. Il doit rester des tomates farcies dans le four, encore tièdes, ça te dit ? Le temps qu'Hélène fasse son bagage.
Giraud se souvient alors qu'il n'a rien mangé de la journée, occupé qu'il était à convaincre Lucchesi de trouver l'adresse de Pinto, puis de la lui donner contre la promesse expresse de ne rien tenter tout seul. Il accepte de s'attabler, un peu gêné, dans la cuisine. Hélène vient l'embrasser sans dire un mot, le regard ailleurs, puis s'éclipse avec sa cousine. En s'éloignant, les deux jeunes filles échangent des chuchotements pleins d'urgence. Giraud se demande jusqu'à quel point Hélène s'est confiée à sa cousine.
Pendant qu'il mange, la sœur de Giraud s'installe en face de lui avec son bol de tisane. Elle lui parle de choses indifférentes, pour meubler un silence qui ressemblerait trop à un interrogatoire. Il réalise encore une fois à quel point la cuisine de sa sœur a pour lui le goût même de l'enfance, tant elle a recueilli fidèlement tous les tours de main de leur mère et jusqu'au plat en aluminium tout cabossé qu'elle a posé sur la toile cirée et qui a l'évidence des objets qui ont toujours été là. Son beau-frère, après être resté avec eux le temps suffisant pour ne pas paraître impoli, est retourné devant la télé où une émission littéraire ronronne en sourdine. Les

effluves anglais de sa pipe dérivent jusqu'à la cuisine, avec des bribes de bavardage cultivé. Les deux hommes se tolèrent, s'apprécieraient même, si le nombre des sujets de discussion prohibés entre eux n'était pas aussi élevé.
Enfin Hélène apparaît à la porte de la cuisine, portant à la main son sac de voyage. Son visage est un peu tendu pendant les au revoir dans la cour de l'école, même si tout le monde fait bonne figure et se promet de proches retrouvailles. Chacun sait bien que Giraud n'aurait pas fait ce trajet dans le seul but d'éviter à Hélène le long voyage en car, en passant par Aix.
Et puis c'est de nouveau la route, étroite et sinueuse, ou plutôt le petit morceau d'univers que limite la portée des phares, quelques mètres d'asphalte, les troncs tordus des chênes verts qui défilent, parfois une paire d'yeux qui s'allument brièvement, la fuite furtive d'un animal. Giraud ouvre deux ou trois fois la bouche pour commencer une phrase banale, tenter d'établir un contact, mais décide finalement qu'il n'a pas d'autre choix que celui de tout dire.
— L'autre jour, devant la poste, la lettre que tu lisais.
Sans détourner le regard de la route il voit Hélène se tasser dans son siège.
— Je ne suis pas venu pour t'interroger, Hélène. Ce que j'avais besoin de savoir, je le sais déjà. Je voudrais juste que tu écoutes ce que j'ai à te raconter. Voilà. J'ai ramassé l'enveloppe que tu avais laissée tomber sur le trottoir, devant la poste. C'est comme ça, j'étais peut-être pas censé le faire, mais je l'ai fait. Et dessus, tu le sais, c'était écrit : prison des Baumettes.
Il garde les yeux braqués droit devant lui, les mains à dix heures dix sur le volant, c'est plus facile comme ça. Ensuite il ment un peu, parce que c'est plus simple.

— Sur l'enveloppe, il y avait aussi un numéro d'écrou. Après, c'était facile de trouver le reste. Tu sais pourquoi il était en prison, ce garçon ?
Hélène a dû répondre quelque chose, mais sa voix n'est pas parvenue jusqu'à lui. Il ressent presque physiquement l'envie de fuir qui émane d'elle, sa tentative dérisoire de bâtir autour d'elle-même un mur invisible. Il se souvient de la détresse qu'il ressentait quand pour une bêtise d'enfant il lui était arrivé d'élever la voix contre elle au point de la faire pleurer, ou même de lever la main sur elle un jour où elle s'était précipitée pour traverser la rue et qu'il l'avait rattrapée in extremis à quelques centimètres de la roue d'un camion. Dix ans après, il arrivait encore que cette gifle qu'elle-même avait sans doute oubliée le réveille en pleine nuit.
— Non, tu ne sais pas pourquoi. La conduite sans permis ce n'était qu'un prétexte. En réalité cet homme est un proxénète. Tu sais ce que signifie ce mot ? Bon sang je ne croyais pas avoir à le prononcer un jour devant toi.
Hélène ne dit rien, se tient bien droite sur son siège. Giraud se rappelle à quel point les choses étaient simples, avant, quand les portes entre les mondes étaient bien fermées, et puis il se demande depuis combien de temps elles ne le sont plus. Maintenant il faut continuer.
— Voilà ce que m'a dit Lucchesi. En ce moment, il a deux filles qui travaillent pour lui. Tu comprends de quel travail il s'agit ? Pendant ses vacances à l'ombre, elles ont continué, bien sûr. Il a des amis qui s'en sont occupés. Avant, il en avait trois, mais l'une d'entre elles a voulu le quitter, changer de vie. Il l'a punie, à la manière des proxénètes, je te passe les détails. Maintenant, elle fait la plonge dans l'arrière-cuisine d'une boîte pour cacher ses cicatrices. Voilà, c'est ça Emmanuel Pinto, dit Manu, dit Belle-tête.

Des minutes défilent encore, et des kilomètres. Quand la voix d'Hélène se fait enfin entendre, basse, mais nette et calme, Giraud sursaute. Elle a dû chercher loin en elle, trouver quelque part la force de l'affronter.
— Vous croyez tout savoir. Mais vous ne savez pas tout.
— Vous ? De qui parles-tu ?
— Vous. La gendarmerie, la police, les juges. Les gardiens de l'Ordre. Vous prenez un homme qui n'est pas né du bon côté, qui a peut-être commis une erreur. Vous le mettez à terre, vous ne lui laissez aucune chance. Qu'est-ce que tu sais de ce qu'il a connu ?
— Non, s'il te plaît, pas de ça. C'est trop facile. Un homme a toujours le choix, quel que soit son passé.
— Comme toi, tu veux dire ? Je me rappelle ce que disait ton père, j'étais petite mais ça m'est resté, que s'il ne t'avait pas obligé à t'engager dans l'armée, tu serais devenu un voyou. Qu'à treize ans tu avais passé la nuit au commissariat.
— Bon sang ! C'était différent. C'était la guerre. La guerre, tu peux comprendre ça ?
— Aujourd'hui aussi c'est la guerre. D'un côté ceux qui ont tout, de l'autre ceux qui n'ont rien. Et au milieu la police et l'armée, pour que chacun reste bien à sa place.
Giraud reste une minute sans voix, se demande s'il peut accepter cette situation nouvelle, où il n'y aurait plus le père qui énonce la vérité et l'enfant qui écoute, mais deux adultes qui avancent leurs arguments. C'est décidément trop dur pour lui.
— Ce discours-là, c'est à Sainte-Catherine qu'on te l'a appris ?
— Et pourquoi pas ? Dans l'Évangile, il y a ça aussi.
Le reste du trajet se passe dans le silence, chacun dans la bulle étanche de ses pensées, Giraud baignant dans sa colère comme dans une mauvaise sueur. Enfin la petite voiture franchit la

porte cochère. Il est tard. Giraud sent soudain la fatigue de cette journée s'abattre sur lui. Marie les a attendus. Hélène passe devant sa mère sans un regard, les lèvres serrées, le visage rigide, mais à peine celle-ci pose-t-elle la main sur son épaule que la carapace se dissout, et qu'elle fond en larmes. Marie entraîne sa fille dans sa chambre, referme la porte.

Quand elle en ressort deux heures après, Giraud est accoudé à la fenêtre de la cuisine, tirant sur la dernière cigarette du paquet.

— Elle dort. Elle a beaucoup pleuré. Elle m'a parlé aussi. De ses projets, de ses rêves. Sauver un homme, l'aider à repartir de zéro.

— On ne peut pas lui reprocher de mettre en pratique ce que nous lui avons appris.

— Cet homme, est-ce qu'il est vraiment mauvais ?

Giraud le lui dit. Marie l'écoute les yeux fermés.

— Qu'est-ce qu'il peut faire ? Tu crois qu'il peut essayer…

— Non, il ne fera rien. C'est bien ici le dernier endroit dont il aura envie de s'approcher. C'est juste que… ça me met en rage, qu'il ait pu seulement y penser. Tout de même, pendant quelques jours, ne la quitte pas des yeux. La seule chose que je craigne, c'est qu'il ait pris tout ça comme un défi, et qu'il essaie de la salir, juste pour me blesser, moi.

Journal d'Edmond Lieutaud
Lundi 22 mai 1944

Non, ici, ce n'est pas une colonie de vacances et les événements d'hier sont là pour nous le rappeler. Je vais commencer par le moins grave. Daniel a récolté sa première blessure de guerre. Heureusement ce n'est pas trop méchant, un éclat de balle qui est venu se ficher dans son avant-bras. Jeannot, qui a travaillé comme laborantin dans une pharmacie (c'est ce qu'on a de plus proche d'un toubib pour le moment) a pu l'extraire sans trop de dégâts. Daniel était plutôt pâlot pendant que Jeannot le charcutait, mais il n'est pas tombé dans les pommes. Il a même réussi à sourire aux blagues que lui sortait Simon. Mais le pauvre Nono, lui, il y est resté. Voilà comment ça s'est passé. Il y a à Pallières un grossiste en fruits et légumes qui est des nôtres et qui fait beaucoup pour notre ravitaillement. Le problème c'est que les gendarmes et les Boches gardent un œil sur lui, ils le soupçonnent de faire du marché noir, ce qui n'est peut-être pas tout à fait faux. Après tout, ça le regarde. En tout cas ce n'est pas aussi dangereux que de fournir des vivres aux « terroristes » ou aux « bandits » comme nous appelle aimablement *Le Petit Provençal*. Et comme il y a à Pallières une antenne de la Gestapo, aller faire nos commissions en ville est une affaire assez compliquée. Donc, normalement, les choses se passent comme ça. M. Martinenq, le grossiste, apporte les marchandises dans un hangar qu'il possède un peu en dehors de Pallières et la nuit une équipe va chercher la livraison avec le camion de chantier des charbonniers. Avant-hier soir, il y avait Georges, Nono, Daniel et moi qui avais réussi à me faire accepter. Je me disais que ça me changerait de la routine du camp, et je dois dire que j'ai été servi. Georges avait une des nouvelles mitraillettes Sten que les Anglais nous ont parachutées. Donc, vers onze heures, on descend à pied au chantier, Nono et Georges se mettent aussitôt au travail pour démarrer le gazogène et nous voilà partis à travers la plaine, moi assis dans la benne avec Daniel. Immanquablement, la conversation finit par rouler sur ses amours. Comme il fait trop noir pour qu'il me voie sourire, il se laisse aller à me réciter par cœur des passages interminables des lettres de sa Liesel et me fait jurer s'il se fait tuer avant moi d'aller la voir pour lui dire… et c'est là qu'il reste muet, la gorge trop serrée sans doute d'imaginer sa bien-aimée en blonde veuve de seize ans. On ne se doute pas à cet instant-là que tout ça est bien proche de se réaliser. Comme il n'y a pas beaucoup de voitures qui circulent et qu'on ne tient pas à être repérés, on a seulement l'éclairage de black-out, juste deux petits pinceaux de lumière qui éclairent à deux mètres, mais ça ne va pas trop mal parce qu'il y a de la lune. On arrive enfin au hangar, au bout d'un chemin tout droit, juste deux lignes claires au milieu des champs. L'endroit est désert, comme prévu. Je remarque seulement en passant devant la ferme voisine qui se trouve à peu près à deux cents mètres qu'il y a de la lumière à l'une des fenêtres, ce qui à deux heures du matin n'est pas habituel chez des paysans mais ne me préoccupe pas plus que ça. On entre dans le hangar, on trouve deux gros sacs de patates et quelques cageots de légumes, surtout des rutabagas hélas, mais aussi un paquet de cinq kilos de vrai café et un beau jambon qui va nous changer un peu de la viande de mouton. On est en train de charger tout ça, tranquillement, en discutant quand même à voix basse, quand tout le monde se fige en même temps. On a entendu un bruit de moteur. Le chemin qui mène au hangar est un cul-de-sac. Quelqu'un qui roule dessus ne peut que venir ici. Georges se précipite à la porte, nous fait signe de ne pas bouger. Le bruit de moteur s'est arrêté. J'ai le cœur qui bat tellement fort que j'ai l'impression que tout le monde peut l'entendre. Georges nous annonce à voix basse :

— Une moto. Un side-car, plutôt. Il me semble qu'il y a trois types.

— D'où ils sortent ? On aurait dû les entendre avant.

— Ils devaient être planqués dans la ferme, en face. Tout à l'heure, c'était éclairé.

— Alors ils nous attendaient.

— Tu arrives à voir s'ils ont des armes ?

— Non, ils sont trop loin.

— C'est bizarre quand même qu'ils soient venus rien qu'à trois.

— Ils se tiennent au milieu du chemin, tranquilles. À mon avis ils doivent juste s'attendre à trouver des types qui font du marché noir et qui vont mourir de trouille en les voyant.

On est là à se concerter pour trouver quoi faire quand Daniel nous rejoint, semblant venir du fond du hangar. Il est essoufflé.

— Ils sont bien trois. Des miliciens. Deux sont armés, un avec une mitraillette, l'autre avec un mousqueton. Le troisième, je crois qu'il a rien, mais je suis pas allé voir dans le side-car.

— Comment tu sais tout ça ?

— Je suis sorti par le fond, il y a une planche qui manque. J'ai longé la haie. En faisant le tour du champ, je me suis approché assez près. Ils discutent entre eux, ils fument, ils rigolent. Ils n'ont pas l'air de s'attendre à de la bagarre.

On se regarde un moment. Georges est le premier à reprendre la parole.
— Les gars, il n'y a pas trente-six solutions. S'ils voient le camion, demain ils débarquent au chantier avec les Boches. Et il n'y a qu'un chemin pour sortir d'ici. Conclusion, il faut les avoir tous les trois. En espérant qu'il n'y en a pas d'autres.
Personne ne dit un mot. On sent bien que cette fois-ci, les choses commencent à devenir sérieuses. Georges est le plus âgé et le chef de sizaine, alors c'est lui qu'on écoute. Il essaie de donner à sa voix tout le calme possible, comme si on était en manœuvres contre les copains.
— Voilà comment on va faire. Daniel, tu vas me montrer par où tu es passé et on va essayer de s'approcher d'eux le plus possible sans se faire repérer. Toi, Nono, tu prends le volant et tu sors le camion d'ici. Le minot monte derrière. Tu te diriges vers eux comme si de rien n'était. Je compte sur le bruit du moteur et la lumière des phares pour les distraire. On n'a qu'une arme et ils en ont au moins deux. On n'aura qu'une chance. Si on se fait avoir, vous essayez de passer en force pour prévenir les copains. Allez, vous nous laissez cinq minutes.
On les regarde disparaître par la brèche dans la cloison de bois. Nono redémarre le moteur, reprend le volant et bien sûr, je monte à l'avant du camion à côté de lui.
— Georges a dit derrière.
— Tu veux que je reste enfermé là-dedans à me ronger les ongles sans rien voir ?
Nono comprend qu'il n'arrivera pas à m'imposer ça. Quand les deux minutes sont écoulées il sort le camion du hangar. Je referme les portes avant de monter à côté de lui, il ne faut pas avoir l'air d'avoir repéré le barrage. On ne tarde pas à voir les trois silhouettes au milieu du chemin. L'un d'eux, celui

qui a le fusil à l'épaule, lève la main pour nous faire signe d'arrêter, tandis que l'homme au pistolet-mitrailleur nous met en joue. Nono ralentit, rétrograde les vitesses en faisant le plus de bruit possible. À partir de là, tout se passe en une poignée de secondes qui dans mon souvenir semblent s'étirer comme des heures. On n'est plus qu'à vingt mètres du barrage quand on voit la tête du milicien de droite, celui qui porte le pistolet-mitrailleur, partir sur le côté comme s'il avait reçu une formidable gifle. Aussitôt il s'affaisse. On n'a pas entendu la rafale, couverte par le bruit du moteur. Le deuxième, qui avait son fusil au pied, essaie de l'épauler, mais en pleine panique il hésite une seconde entre le camion qui avance toujours et l'adversaire qui se trouve derrière la haie. Je ne comprends pas pourquoi Georges ne tire plus, on saura plus tard que son arme s'est enrayée et qu'il tente désespérément de la remettre en service. Nono instinctivement appuie sur l'accélérateur, le type se tourne vers nous et tire au jugé en reculant. Presque en même temps, je vois Daniel sortir de la haie, s'emparer de l'arme du milicien qui est à terre et faire feu presque à bout portant. Le deuxième type tombe à son tour, tandis que le camion cale brutalement, m'expédiant la tête la première contre le pare-brise. Nono est affalé contre le volant, son sang coulant goutte à goutte d'un trou rond au-dessus de son œil droit.
Le troisième milicien, qui finalement n'était pas armé, s'est jeté à plat ventre derrière le side-car d'où on l'entend nous supplier de ne pas le tuer. Georges le fait sortir à la pointe de son arme. C'est un jeune, peut-être du même âge que Daniel, blanc comme un linge sous son béret de chasseur alpin et qui se met à claquer des dents en voyant ses deux copains par terre. On voit que Georges réfléchit rapidement. Ce n'est sûrement pas le moment de s'encombrer d'un prisonnier, mais d'un

autre côté il faudrait maintenant l'exécuter de sang froid et je ne crois pas que l'un d'entre nous en soit capable.
— On n'a qu'à le ficeler et l'amener au capitaine, on verra ce qu'il voudra en faire.
Daniel déniche à l'arrière du camion tout un tas de vieilles cordes graisseuses, et le type est convenablement ligoté. Daniel lui fourre même un chiffon dans la bouche pour le faire taire, car il continue à geindre et à nous implorer, persuadé qu'on va lui coller une balle dans la nuque à la façon de ses camarades.
— Bandez-lui aussi les yeux, dit Georges. S'il voit où on le mène on sera obligé de le descendre.
— Qu'est-ce qu'on fait des deux autres ?
— On les laisse ici. De toute façon les gens de la ferme ont entendu le barouf. Et je suis prêt à parier que c'est eux qui ont renseigné ces salauds. Il faudra envoyer quelqu'un avertir Martinenq, qu'il ait levé le camp avant demain matin.
On descend le corps du pauvre Nono et on l'installe dans la benne à l'arrière, avec le prisonnier et Daniel. C'est à ce moment que celui-ci s'aperçoit que sa manche est pleine de sang. On comprend que le premier milicien en tombant s'est crispé sur la détente de son arme et a lâché une rafale au hasard.
Ce matin on va rendre les honneurs militaires à Norbert Pélissier, dit Nono, mort pour la France et tué par un Français.

Giraud

Le chemin qui mène au Tonkin n'est guère plus qu'une piste, difficile, creusée d'ornières profondes par les orages de printemps. Parfois la roche mère y affleure, dure et tranchante, ses veines de calcite scintillant comme des éclats de verre sous les rayons du soleil couchant. Même au volant de la petite jeep de la brigade, Giraud a du mal à trouver un passage, et quand il rencontre la carcasse d'un pin énorme tombé en travers du chemin, il décide d'abandonner le véhicule et de poursuivre à pied, tout en se demandant pourquoi il se donne cette peine. Au bout de quelques minutes pourtant, il éprouve du plaisir à retrouver le rythme de la marche, le contact de la terre sous ses pieds bien chaussés d'une vieille paire de rangers.

L'enquête se meurt peu à peu, comme la plupart de celles qui n'ont pas été résolues dès les premières heures. Le capitaine n'a pas reparu, les gendarmes en renfort ont été appelés à d'autres tâches et la presse a trouvé d'autres faits divers pour remplir ses colonnes. On a bien sûr interrogé tous les habitués sur lesquels on a pu mettre la main, anciens braqueurs ou cambrioleurs, sans résultat. Obstinément, chaque fois qu'il l'a pu, Giraud s'est rendu à Fontfrède où il a écouté inlassablement les habitants les plus âgés lui raconter leur guerre, chacun à sa façon, mais aucun nouveau détail n'est venu s'ajouter au récit de Zé Grégoire ni à la chronique du village tenue par le vieil instituteur. Certains même semblent avoir enfoui le crime du Tonkin, comme un journaliste de l'époque l'avait nommé, dans un tiroir de leur mémoire dont ils ont perdu la clé. Mis à part Zé, qui a tendance à bavarder à tort et à travers, les villageois montrent beaucoup de réticence à parler de cette affaire, peut-être un peu honteux de la vague satisfaction qu'ils avaient ressentie à l'annonce du crime. Personne ne le dit vraiment, mais Giraud a glané quelques phrases qui, mises bout à bout, ne laissent guère de doute à ce sujet . « C'étaient des riches, des étrangers, pour ainsi dire. On s'est dit que pour une fois, c'était leur tour de trinquer. — Lui, avec sa patte en moins, il montait encore à cheval. Il calait son pilon dans une espèce d'étrier qu'il s'était fait faire exprès. Il passait au milieu de nous sans saluer personne, comme un seigneur. — Ce quartier, en haut de l'escalier, on l'appelle le château, mais de château, y en a plus, nos anciens l'ont démonté pierre par pierre pour bâtir leurs maisons. On n'avait pas envie de revoir ça. »

Quant au maquis Tancrède, tout le monde connaissait plus ou moins son existence, mais les rapports entre les résistants et les villageois restaient, semble-t-il, très distants. Avant que l'enquête ne sombre tout à fait, submergée par le quotidien, Giraud s'est décidé à rendre visite à la maison où le crime a eu lieu, sans se faire beaucoup d'illusions.
Au détour d'un virage, à l'endroit où le chemin s'encaisse dans une sorte de vallon, deux piliers massifs en pierre blanche marquent l'entrée de la propriété, ou plutôt celle du parc puisque les terres que Giraud foule depuis deux kilomètres appartiennent déjà au Tonkin. Du portail de fer ne restent que les gonds rouillés. Disparues aussi les statues ou les urnes qui devaient surmonter les piliers, sans doute réemployées à orner le portail de quelque prétentieuse villa sur la Côte.

Le soleil est presque couché quand Giraud franchit l'entrée. Sous les feuillages des pins parasols et des cèdres, la nuit s'installe vite. Le lieu semble loin du monde, endormi. La végétation y a pris le pouvoir, et seules les allées et venues des animaux ont laissé leurs traces discrètes. Sans s'en rendre compte, Giraud marche en étouffant le bruit de ses pas. Enfin la façade apparaît entre les arbres. En trente ans seulement, privée d'entretien, la bâtisse semble avoir vieilli d'un siècle, même si le toit résiste encore et la préserve d'une ruine complète. Beaucoup de persiennes ont disparu comme la porte d'entrée, remplacées par des parpaings grossièrement maçonnés. Sous la lumière rasante des derniers rayons, les enduits cloqués par la pluie et le gel laissent voir la maçonnerie. Le double perron de pierre, disloqué par les racines puissantes des genêts d'Espagne, semble près de s'affaisser sur lui-même.
Giraud contourne le bâtiment avec difficulté, se frayant un passage entre les enchevêtrements de ronces et de clématites. À l'arrière, à quelques dizaines de mètres seulement, les rives rectilignes du canal creusé par l'EDF coupent net les vestiges du chemin qui mène à Fontfrède avant d'amorcer une lente courbe vers le sud. Plus loin vers l'amont, un gros tuyau métallique peint en vert franchit le canal, hérissé de grilles en forme d'éventail destinées à dissuader les gamins de l'escalader. Sans doute s'agit-il de la conduite qui amène l'eau potable à Fontfrède. Les berges de béton sont lisses et inclinées, l'eau y coule rapidement, profonde, opaque et silencieuse, prête à se refermer sur l'imprudent qui s'y risquerait. Malgré les panneaux d'avertissement, les noyades dans le canal ne sont pas rares.
Quand Giraud rejoint la jeep, la nuit est tombée tout à fait. Il hésite un moment, repensant à l'appel de Zé Grégoire qu'il

a reçu la veille à la brigade. L'homme gueulait dans le téléphone du bar, soit par manque d'habitude de l'appareil, soit pour couvrir les conversations bruyantes de l'apéritif.

— Ma cousine Zita, c'est une Grégoire comme moi, mais elle s'est mariée avec un Roman, remarquez, lui aussi c'est un cousin par… non, elle habite à Saint-Martin, la maison verte à côté de l'épicier, vous pouvez pas vous… elle m'a raconté une chose, sur cette fameuse nuit. Enfin, elle m'a guère dit, mais peut-être à vous… non, cette fameuse nuit de 44, je veux dire, mais ça peut vous intéresser…

Le village de Saint-Martin, à trois kilomètres de Fontfrède, est déjà endormi. La maison verte est fermée du haut en bas, mais la lumière bleuâtre de la télévision filtre à travers les fentes des volets du rez-de-chaussée. La croisée doit être ouverte car on entend les répliques d'un feuilleton entrecoupées de rires enregistrés. Giraud appuie sur un bouton qui éveille une sonnerie rouillée. Un instant passe, puis la télé se tait et un volet s'entrouvre sur un visage effrayé. Giraud se voit dans les yeux de la femme ; en treillis et rangers, l'arme de service à la ceinture.

— Mon Dieu ! Qu'est-ce qui est arrivé ?

— Madame Roman ? Je suis le chef Giraud, de la gendarmerie de Pallières. Rassurez-vous. Il n'est rien arrivé. C'est votre cousin, Joseph Grégoire, qui m'envoie.

— Mon cousin ? Ah ! oui. Attendez, je vais vous ouvrir.

Giraud l'entend manœuvrer toute une collection de verrous. Enfin la porte s'ouvre sur une petite femme en pantoufles et en bigoudis.

— Vous m'avez fait une belle peur, habillé comme ça. Entrez. Alors, qu'est-ce qu'il a encore raconté, ce Zé ? Celui-là, tant qu'il peut se rendre intéressant !

— Il m'a dit que vous aviez des informations sur ce crime qui a eu lieu à Fontfrède, pendant la guerre.

— Ah ! Vous enquêtez encore là-dessus, trente ans après ?
— On n'enquête pas vraiment. Disons que c'est plutôt moi qui m'y intéresse.
La femme le regarde avec curiosité, puis hausse les épaules et le précède dans la cuisine où les couverts d'un dîner pour deux traînent encore sur la table.
— Vous m'excuserez, mais j'ai pas encore fait ma vaisselle. J'attendais pas vraiment de visiteurs. Tenez, asseyez-vous là. Je ne sais pas si je peux vous offrir quelque chose. Mon mari est déjà couché, il commence de bonne heure. Il est chauffeur à la carrière.
— Non, laissez. Je ne veux pas vous déranger trop longtemps.
Giraud s'assoit tout de même, il sait qu'avec sa grande taille il occupe beaucoup d'espace dans la petite pièce. La femme se recueille un instant, tout en empilant ses assiettes dans l'évier. Quand elle s'assoit face à Giraud, son regard se pose sur un point dans le vide où ses souvenirs se rassemblent.
— Voilà. C'était juste le lendemain matin, de bonne heure, peut-être six heures et demie ou sept heures. Au village, on ne savait pas encore ce qui était arrivé. Je suis passée chez la tante Judith pour lui rendre un savon qu'elle m'avait prêté. Judith, c'était ma voisine. Je l'appelais tante, même si on n'était pas vraiment parentes. Elle avait déjà bien l'âge d'être grand-mère, même si elle ne s'était jamais mariée. Je suis entrée dans sa cuisine, il y faisait chaud, il y avait une lessiveuse de linge qui bouillait sur la cuisinière. J'ai appelé mais d'en bas on n'entendait rien, alors j'ai fini par monter. Je l'ai vue du palier, habillée en noir comme toujours. Elle avait déjà ses cheveux blancs qu'elle serrait en chignon. Elle me tournait le dos. Elle était penchée sur quelqu'un, un homme qui était couché dans le lit. Elle lui parlait, doucement, un peu comme on parle à un enfant malade quand on veut qu'il s'endorme.

Les volets étaient fermés, je n'ai pas pu voir son visage. Il m'a semblé que c'était un jeune. Il a fait un geste comme pour prendre la main de Judith et puis son bras est retombé. Il y avait plein de sang. Partout, sur lui, sur les linges par terre. C'est bête, mais je me rappelle m'être dit : « Il y a tant de sang que ça dans un homme ? » Alors j'ai dû faire un bruit. Elle s'est retournée et m'a vue. Elle est venue vers moi, m'a repoussée doucement hors de la chambre, en refermant derrière elle. Je lui ai dit : « C'est votre neveu ? » Elle avait un neveu au maquis, on le voyait de temps en temps, un grand brun, costaud, Daniel Goirand, il s'appelait. Elle m'a dit que ce n'était pas lui, mais un de ses camarades et qu'il allait bientôt mourir. Que je devais rentrer chez moi et ne rien dire, même pas à mes parents. Le lendemain soir, elle est venue me voir. Tout le village parlait de cette chose, de ce crime. J'avais encore mes pauvres parents, on était tous serrés sous la lampe. Elle m'a fait signe de la suivre dehors. Elle m'a dit : « Il est mort. Maintenant, il faut l'enterrer, et toute seule, je n'y arriverai pas. » Je lui ai demandé : « C'est lui qui a tué ces gens ? » Elle m'a dit : « Je ne crois pas, mais si c'est lui, ce n'est plus notre affaire, il est maintenant devant un juge meilleur que nous. » Alors on a attendu le milieu de la nuit et on l'a mis sur une petite carriole qu'elle avait pour aller au lavoir, enroulé dans un drap qu'elle avait cousu, un drap brodé, de son trousseau de jeune fille. On l'a enterré dans le petit cimetière de sa famille. On en trouve quelques-uns par ici dans la campagne, au bord des chemins. Une habitude du temps où les protestants et les catholiques se mélangeaient encore moins morts que vivants. Elle m'a demandé aussi de garder le secret, qu'elle ne voulait pas que le nom de son neveu soit mêlé à tout ça et jusqu'à aujourd'hui je m'y suis tenue. Maintenant ça fait plus de trente ans, alors, quelle importance ?

Giraud garde le silence quelques instants. Il ne pose pas de question. Il sent que ce récit, la femme a dû le répéter souvent pour elle-même, qu'elle ne trouverait rien à y ajouter.

— Et cette dame, Judith, ça fait longtemps qu'elle est morte ?

— La tante Judith ? Elle doit bien approcher les cent ans aujourd'hui, peut-être même qu'elle les a passés. Mais elle vit toujours.

Giraud remercie la femme et reprend la route, se demandant ce que cet épisode signifie. Il sait qu'il lui faudra interroger à nouveau le maire, Astier, ex-capitaine Tancrède, sur ce qu'il est advenu de Daniel Goirand, le neveu de Judith et sur l'identité de l'homme que celle-ci a enterré auprès de ses ancêtres. Mais comment justifier un tel interrogatoire quand le lien avec l'un des deux morts est si faible et avec l'autre, inexistant ?

Quand il arrive à la caserne, il y a encore de la lumière dans les bureaux. À peine a-t-il mis la jeep au garage que Mercier se précipite sur lui.

— Putain, où vous étiez passé ? Ça fait des heures qu'on vous cherche ! Votre femme est folle d'inquiétude, elle dit que votre fille a disparu. Vous pouvez me dire ce qui se passe ?

Vent frais

Le vent nordit et se renforce. Il dévale les pentes du massif, secoue les pins à grandes gifles, miaule dans les combles. Aujourd'hui, un homme est venu, armé, vêtu pour le combat, comme moi. Il a fait le tour de la maison, étudié les accès, regardant, écoutant. Ses yeux se sont posés un instant sur les miens à travers les persiennes et je suis resté un moment figé, même s'il était impossible qu'il me voie vraiment. Je ne crois pas qu'il ait deviné ma présence mais sans doute a-t-il connaissance de ce qui s'est produit ici. Dans la solitude, il laissait son visage parler. Peut-être confrontait-il les lieux avec les récits qu'on lui a faits, en essayant d'oublier les marques du temps et de la ruine. J'ai pu vérifier que mes traces étaient bien cachées, mais sa présence ici me presse d'achever ma tâche. Il aurait suffi que Rieu pousse un cri à ce moment-là pour que l'alerte soit donnée. De toute façon, je pense avoir tiré de lui tout ce qu'il avait à dire. Lui imposer d'autres souffrances ne servirait à rien et, comme les drogues que je prends, ne me procurerait plus aucun soulagement.

Journal d'Edmond Lieutaud
Mercredi 24 mai 1944

Il fallait s'y attendre, le capitaine n'était pas vraiment ravi quand on est revenus de notre expédition de ravitaillement avec un mort et un prisonnier. La mort des deux miliciens et la disparition du troisième risquent fort de faire des vagues, et j'ai bien peur qu'on doive bientôt abandonner notre villégiature. Le pauvre M. Martinenq a dû quitter précipitamment sa belle maison de Pallières et nous rejoindre, pendant que sa femme et ses filles prenaient le train pour les Alpes où elles vont se cacher en attendant que les choses se tassent. M. Martinenq est un homme très gros et plus très jeune qui a l'habitude de prendre grand soin de sa personne, et il faut reconnaître qu'on ne peut pas s'empêcher de sourire quand on l'entend se plaindre à longueur de journée de devoir coucher sur la paille à son âge. On essaie de le consoler en lui disant que le débarquement est pour bientôt et qu'il aura sûrement une médaille, mais il n'a pas l'air d'y croire beaucoup.
Le capitaine a pris des mesures supplémentaires pour le cas où on serait attaqués et en attendant que ses chefs lui proposent un nouveau refuge. D'abord, il a renforcé le poste avancé sur la piste qui mène au chantier des charbonniers où il y aura désormais en permanence un groupe bien armé. Ce n'est qu'une cabane de pierres sèches en forme de pyramide,

comme on en trouve partout dans la région. Sans aucun confort, on peut à peine y dormir à cinq mais elle est très bien située, un peu en surplomb de la piste. Si on doit être attaqués par des forces importantes elles devront forcément passer par là. Les autres accès ne peuvent se faire qu'à pied et le relief les rend plus faciles à garder. Ensuite il a fini d'armer tout le monde. Ça nous a remonté un peu le moral, on s'est tous mis de nouveau à croire que la grande bagarre approche vraiment. J'ai reçu un fusil Lebel et les munitions qui vont avec. Daniel a eu un Mauser qui fait un peu envie à tout le monde, je crois que c'est pour le récompenser de son sang-froid dans l'affaire d'avant-hier.
On a mis le prisonnier dans une petite casemate qui sert aussi à stocker les pommes de terre. C'est le seul endroit qu'on peut fermer avec un cadenas. Il y a quelques types qui lui feraient bien son affaire sans état d'âme, mais le capitaine nous a avertis : on ne touche pas à ce type sans un procès en bonne et due forme, et pour le moment il a autre chose à faire. D'ailleurs il a reçu la visite d'un type qu'il appelle « patron » et qu'on voit de temps en temps, habillé en civil mais avec un air pète-sec qui sent l'officier à plein nez. Ils se sont enfermés pendant une heure pour discuter. Ensuite le capitaine nous a fait faire en son honneur une démonstration de maniement d'armes, tout fier d'avoir fait de nous de bons petits troufions. On connaît le refrain : la discipline est la force principale des armées, mais ça ne nous fait pas aimer ça davantage.

On est peut-être déjà jeudi. Il doit être près de minuit, et je n'arrive pas à dormir, alors je vais ajouter quelques lignes sur mon cahier. Les autres ronflent bien fort autour de moi, ce n'est pas ma bougie qui va les réveiller. Antoine est venu me trouver et on a discuté pendant une heure. Ça faisait un moment que ça n'était pas arrivé, mais je ne peux pas dire que j'ai beaucoup aimé ce que j'ai entendu. Il m'a d'abord fait raconter en long et en large notre aventure avec les miliciens, surtout les coups de feu, et je crois que je l'ai un peu déçu en lui disant que j'étais resté comme engourdi sans comprendre vraiment ce qui arrivait. Il a fini par m'avouer qu'il aurait quand même bien aimé y être à ma place, qu'il en avait marre de cette vie de caserne en plein air. Il m'a dit aussi qu'il pourrait bien encore se passer des mois avant que les Alliés ne débarquent et que lui, il ne pourrait pas le supporter. Ensuite, il m'a fait jurer le secret avant de me raconter qu'avec Julot et Loulou (c'est comme ça qu'il appelle Rieu et Caillol, les deux types que je n'aime pas), ils avaient préparé une petite sortie. Que samedi ils allaient descendre au bal à Pallières et que ce n'était pas la première fois qu'ils le faisaient, que Rieu avait même une bonne amie au village qui était folle de lui. Et qu'au passage ils allaient rendre visite à un vieux collabo avec lequel Julot avait un compte à régler. Je lui ai parlé de ce qui risquait de se passer si le capitaine venait à l'apprendre et il m'a répondu qu'il s'en foutait, qu'il n'était pas venu au maquis pour faire l'exercice et les corvées de feuillées. Là-dessus il m'a quitté. Évidemment je ne peux rien dire, mais j'ai vraiment peur qu'avec les deux types qui l'accompagnent tout ça finisse par tourner mal.

Giraud

Dans les premières minutes, Giraud tourne en rond, torturé par le besoin d'agir, mais ne sachant quelle direction prendre. Se précipiter chez Manu, c'est courir le risque de trouver la villa vide, ou de l'informer de la fugue d'Hélène s'il ne l'est pas encore. Finalement, il monte chez lui, décroche le téléphone et appelle Lucchesi. Celui-ci lui répond d'une voix ensommeillée. Apparemment, à vingt-deux heures, il était déjà couché. Mais il retrouve ses esprits pendant que Giraud lui fait un bref récit de la fuite d'Hélène.

— Bon, d'abord, on s'affole pas, on réfléchit.

— Je m'affole pas. Mais tu sais qui c'est, ce mec. C'est pas un maquereau ordinaire. Il est dingue. En plus, je l'ai provoqué chez lui. J'ai déconné.

— Qu'est-ce que tu veux que je fasse ?

— Juste que tu essaies de savoir où il se trouve en ce moment. Ton collègue Michaud, celui qui l'a coffré, m'a dit qu'il avait l'habitude de passer ses soirées à jouer aux cartes dans la boîte de son oncle. Si tu pouvais demander à un collègue de passer voir s'il y est… Il y a aussi sa villa à Saint-Antoine.

— Ça va. Je m'occupe de ça. Je vais appeler les mecs qui tournent dans le centre.

— Je reste à côté du téléphone. Appelle-moi, n'importe quand. Tu notes le numéro ?

Il se rend compte enfin que sa tension ne fait qu'amplifier la panique de Marie. Il la rejoint sur le canapé où elle se tord les mains, le regard voilé.

— Écoute, pour le moment, il n'y a aucune raison de s'affoler. On va faire les choses dans l'ordre et je te promets qu'on va la retrouver très vite. D'abord, rien ne prouve qu'elle soit avec ce type. Elle est peut-être simplement allée se réfugier chez une amie. Il faut que tu trouves dans l'annuaire tous les numéros de téléphone de ses copines. Elles ne sont pas si nombreuses. Tu peux faire ça ?

— Ce n'est pas la peine. Elle les a copiés dans le carnet, avec les nôtres.

— Bon, on réveillera ces gens si on ne peut pas faire autrement. Il faudrait aussi que tu puisses me dire à quelle heure elle est partie.

— Je ne sais pas exactement. Pas avant cinq heures et demie. À cette heure-là, je lui ai demandé si elle avait des affaires à mettre dans la machine à laver. Ensuite, elle a écouté de la musique dans sa chambre. Et puis j'ai fini par me rendre compte que c'était la même cassette qui repassait pour la troisième fois. Tu sais, cet appareil qu'elle a, quand ça arrive à un bout, ça recommence. Quand je suis entrée dans sa chambre, elle n'était plus là. Elle a pu sortir n'importe quand, pendant que j'étais occupée dans la cuisine. J'aurais dû faire plus attention.

— Tu ne pouvais pas garder les yeux sur elle à chaque minute. C'est impossible, tu le sais bien. Est-ce que tu as pu voir ce qu'elle avait emporté ?

— Pas grand-chose, seulement son petit sac de voyage, je crois.

— Vincent était là ?

— Oui, mais il ne l'a pas vue partir non plus.

Giraud hésite un moment, puis finit par entrer dans la chambre de son fils. Vincent ne dort pas, il est assis sur son lit, les yeux grands ouverts dans l'obscurité, sans doute à l'écoute de tout ce qui se passe depuis des heures. Giraud s'assoit près de lui, entoure ses épaules de son bras.
— Ne t'inquiète pas. Ça va aller, mon grand. Dis-moi, tu as une idée de l'endroit où ta sœur est allée ?
— Non, elle me dit jamais rien. Cet aprème, pendant qu'elle téléphonait dans le couloir, je suis juste passé à côté d'elle, et elle m'a dit : « T'as pas bientôt fini d'espionner ? » Comme si ça m'intéressait, ses histoires de fille.
Giraud se tourne vers Marie.
— Elle a reçu un coup de téléphone ?
— Oui, vers cinq heures, mais c'est moi qui ai décroché. C'était sa cousine, Catherine.
Giraud ne répond pas. Marie a l'air de suivre sa pensée.
— Tu ne crois quand même pas que Catherine…
— Elles s'appellent souvent, en ce moment ?
— Tous les jours depuis qu'elle est rentrée. Qu'est-ce que tu fais ?
— J'appelle ma sœur.
Giraud s'attend à de longues minutes de sonneries, mais c'est son beau-frère qui décroche au bout de quelques secondes.
— Pablo, c'est Pierre. Excuse-moi de te déranger aussi tard.
— Tu ne me déranges pas, j'étais en train de lire. Qu'est-ce qui se passe ?
— C'est Hélène. Elle… disons qu'elle a fait une fugue.
— Ah ! Elle n'est pas ici, si c'est ce que tu voulais nous demander.
— Non, bien sûr. Mais j'ai des raisons de croire que Catherine pourrait savoir où elle est allée.
— Catherine ? Si Hélène lui a confié un secret, tu n'en tireras pas un mot. Tu sais, Hélène, c'est un peu sa grande sœur. Tu

ne crois pas qu'il faudrait attendre un jour ou deux qu'elle revienne d'elle-même ? Hélène est une fille raisonnable...
— Écoute, Pablo, je vais te raconter toute l'histoire, ensuite, ce sera à toi de décider ce que tu veux faire.
À la fin de son récit, il se rend compte que Marie est encore plus effrayée qu'avant. Anxieux de convaincre son beau-frère, il lui a parlé crûment des méthodes du proxénète pour s'assurer de la docilité des filles, de la lune de miel des premiers jours jusqu'au moment où la peur des coups et le manque d'héroïne les met à sa merci. En tout cas, le ton de Pablo a changé.
— Je vais parler avec Catherine, et Odette. Je te rappelle dès que j'ai du nouveau.
Il est près de minuit quand le téléphone les fait bondir. C'est une voix inconnue, avec un fort accent marseillais.
— Chef Giraud ? Ici c'est Ripert, de l'Évêché. Lucchesi m'a dit de vous appeler. Je viens vous donner des nouvelles de votre copain Belle-Tête.
— Vous l'avez trouvé ?
— Ouais. Il est là, avec nous. Bien sage. Il s'en ira pas, à moins d'emmener le radiateur avec lui. On l'a trouvé devant sa boîte. On lui a dit que les voisins se plaignaient du bruit. On a voulu lui parler gentiment, mais il a fallu qu'il fasse le cacou devant ses collègues, alors on l'a embarqué.
— Il vous entend, là ? Il sait que vous me parlez ?
— Non, il est dans le bureau d'à côté, avec mon collègue Paoli. Il a du retard de paperasse à rattraper, alors, il en a pour la nuit. L'autre, il est pas content, mais avec Paoli, il sait qu'il faut pas bouger.
— Vous allez le garder combien de temps ?
— Ben, justement. C'est là qu'on est un peu embêtés, chef, vu qu'on n'a pas grand-chose pour le garder. On l'a fouillé

et il avait rien sur lui, bien sûr. Et puis ces mecs ils ont du fric, alors demain, on va voir débarquer les avocats. Dans vingt-quatre heures on devra le lâcher. Ça vous mène à vendredi matin. On pourra pas faire mieux.
Giraud se dit que glisser un sachet d'héroïne dans la poche du mac ne lui aurait posé aucun problème de conscience, mais ces choses-là ne se disent pas au téléphone.
— Ça ira. Il faudra bien que ça aille. Merci. Merci beaucoup, les gars.
— Pas de problème, chef. Rendre service aux collègues et emmerder un maquereau, c'est double plaisir.
À peine a-t-il le temps de reposer le combiné que la sonnerie retentit à nouveau. Cette fois c'est Pablo.
— On a parlé longtemps, avec Catherine. Je crois qu'elle a des choses à te dire.
Ensuite, c'est la voix de sa nièce, une voix qui n'est pas encore très loin du sanglot, une voix d'enfant qui a pleuré.
— J'avais juré de ne rien dire. Maintenant, elle me fera plus jamais confiance.
— Elle t'a tout raconté, c'est ça ?
— Oui.
— Dis-moi, Catherine. Ses lettres, elle te les a fait lire ?
— Oui. Enfin, pas tout entières.
— Écoute, c'est très important. Qu'est-ce qu'il disait dans ses lettres ?
— Des trucs gentils. Des trucs que personne lui avait jamais dits. Tu vois, pas comme s'il parlait à un enfant.
— C'est pas un type gentil, Catherine. C'est un menteur. Quelqu'un qui manipule les gens. Il ne pensait pas un mot de ce qu'il écrivait. Je suis même à peu près sûr d'une chose, c'est que ce n'est pas lui qui a les a écrites, ces lettres. C'est à peine s'il sait lire. Mais dis-moi, c'est ça le plus important

pour le moment. Est-ce que quelque part, il n'aurait pas parlé d'un lieu de rendez-vous, ou donné une adresse ?
Maintenant qu'elle a commencé à parler, la petite semble avide de tout dire, comme soulagée d'être repassée du côté de la raison.
— Oui. Dans la dernière. Elle lui avait dit de lui écrire chez moi. Parce que tu l'avais vue devant la poste. Elle pensait que tu pouvais faire surveiller le courrier. Mais c'est drôle, cette lettre, elle n'est pas comme les autres. Elle est bien plus courte. Et il y a plein de fautes.
Giraud se dit qu'en quittant les Baumettes, Manu a perdu son nègre favori.
— Tu l'as avec toi ? Tu peux me lire juste l'adresse ?
— Il a écrit : « Encore deux jours pour m'occuper des passeports et on sera en route pour l'Amérique. Attends-moi à l'appartement, 17 rue Verrerie, au premier étage. Tu trouveras la clé sous la plante verte, sur le palier. N'emporte pas beaucoup de choses, on fera les boutiques ensemble, à New York. Je t'aime. Manu. » C'est tout.
— C'est super, Cathy.
— Vous allez la retrouver, hein ?
— Ne t'en fais pas, on va la retrouver très vite. Et elle sera toujours ton amie, tu sais. Tes parents sont près de toi ?
— Oui, ils sont là. Je te passe papa ?
— Non, c'est pas la peine. Dis-leur qu'on les tiendra au courant.
Marie, qui a tenu l'écouteur pendant les deux conversations, ne sait visiblement pas si elle peut se laisser aller au soulagement.
— Elle a donné le nom de la rue mais elle n'a pas parlé de la ville.
— Pas besoin. La rue Verrerie, c'est à Aix. Marie a dû prendre le car.

— Tu vas y aller ?
— Oui, mais seulement pour vérifier qu'elle est là.
Marie le regarde sans comprendre.
— Si je l'oblige à rentrer, comment tu envisages la suite ? J'aurai brisé son rêve, je l'aurai empêchée de vivre sa vie. Il faudra l'enfermer tout à fait pour l'empêcher de repartir. Non, il faut qu'elle décide elle-même de rentrer.
— Mais comment ?
— J'ai bien une idée. C'est peut-être complètement idiot. Mais je veux essayer.
— Tu ne veux pas me dire ?
— Pas encore. Il faut que je me mette en civil. Je vais passer à cet appartement à Aix, voir s'il y a de la lumière.
Il a envie de dire « espionner, comme je sais bien le faire » mais ce n'est pas le moment.
— Ensuite, je descends à Marseille, j'ai quelqu'un à voir.
— Maintenant ? Mais il est minuit et demie.
— Justement. Ce n'est pas quelqu'un qui se couche tôt.

Hélène et Betty

Les cafards ont disparu dès qu'elle a allumé les lampes, mais Hélène sait qu'ils sont encore là, cachés dans les fentes et les recoins, prêts à ressortir dès que l'obscurité sera revenue. Elle a ouvert en grand l'unique fenêtre, mais il faudrait des jours pour faire partir l'odeur de renfermé collée aux rideaux et à la moquette. Le studio, meublé avec un modernisme agressif, aluminium, plexiglas et plastique orange, a dû rester fermé pendant des mois. Ce n'est à l'évidence qu'un lieu de passage, où personne ne vit vraiment. Hélène s'est étendue tout habillée sur le lit couvert d'une peluche criarde, les yeux au plafond, essayant en vain d'évacuer un peu de la tension qui la brise. Elle a essayé d'allumer le petit poste de télévision, mais la trivialité du programme l'a vite écœurée. Aucun livre sur les étagères couvertes de poussière, rien pour la distraire de l'attente et de ce mélange de peur et d'exaltation. Dix fois elle s'est levée et a saisi son sac, prête à rentrer dans sa petite vie confortable, prête à capituler. Mais à chaque fois elle s'est fait honte de sa lâcheté. Que dirait-il d'elle, Manu, si elle renonçait devant le premier obstacle, si elle retournait déjà parmi les moutons bêlants, comme il les appelle ? Elle a entendu décroître les cliquetis de couverts et les conversations qui montaient du restaurant au rez-de-chaussée, puis le vacarme des rideaux de fer, et puis encore quelques groupes qui passaient, discutant un peu fort après un bon repas ou

tout à fait ivres et shootant dans les poubelles. Les odeurs de cuisine lui ont rappelé qu'elle n'avait pas mangé. Elle a exploré les placards de la minuscule cuisine et n'y a trouvé qu'une bouteille de Chivas et des biscuits d'apéritif pleins de charançons. Maintenant la nuit est bien avancée, le silence s'est installé dans la rue.
Elle a dû s'assoupir car les coups à la porte la font sauter sur ses pieds, le cœur battant à grands coups. Elle se précipite pour ouvrir, se rend compte qu'elle ne connaît pas la voix de Manu, sinon telle qu'elle l'entendait dans sa tête en lisant ses lettres. La sienne lui semble grêle et mal assurée.
— Manu, c'est toi ?
Une voix de femme, grave, un peu rugueuse.
— C'est lui qui m'envoie, ouvre. Mais éteins la lumière d'abord.
Hélène obéit sans comprendre la raison de cette précaution. L'ampoule nue du couloir éclaire à contre-jour une silhouette un peu lourde, un casque de cheveux blonds décolorés. La femme se glisse dans le studio, referme derrière elle. La pièce n'est plus éclairée que par un lampadaire plus loin dans la rue et la lampe psychédélique dans laquelle s'enroulent doucement sans se mêler des liquides fluorescents. Hélène ne distingue presque rien du visage de la femme, caché par ses cheveux et malgré la nuit par une immense paire de lunettes de soleil à monture blanche. Son visage est d'ailleurs la seule partie de son corps qu'elle tente de cacher, tant le petit short et le haut transparent qui la boudinent sont révélateurs. Une nouvelle odeur a envahi la pièce, sueur, tabac froid et parfum tourné.
— Qu'est-ce qui se passe, pourquoi Manu n'est pas venu ?
La femme fait entendre un rire qui déclenche une quinte de toux grasse de fumeuse.

— Il a été retenu. Un léger empêchement. Mais il sera là demain. En attendant, il m'envoie te tenir compagnie. Et puis tiens, je t'ai apporté un petit cadeau, de quoi te saper.
La femme balance un sac en plastique sur le lit, puis allume une cigarette en prenant soin de se détourner au moment où la flamme l'éclaire. La première bouffée déclenche une nouvelle quinte qui n'en finit pas.
— Tu t'appelles comment ?
— Hélène.
— C'est pas terrible comme nom. Faudra changer. Remarque, ça va bien avec tes fringues et ta coiffure. On dirait que tu vas entrer chez les bonnes sœurs. Putain, une jupe comme ça, je saurais même pas où l'acheter.
La femme s'est assise sur le canapé, s'y est laissé sombrer plutôt, le plus loin possible de la fenêtre, mais les yeux d'Hélène s'habituent peu à peu à la pénombre. Elle distingue la bouche empâtée de rouge, mais aussi sous le fond de teint épais une espèce de boursouflure qui prolonge celle-ci comme un sourire tordu.
— Arrête un peu de me mater comme ça. Et reste pas debout au milieu, tu me donnes le vertige.
Hélène s'assoit sur le bord du lit. Du sac ouvert se sont échappées des choses noires et brillantes, des dentelles. La femme sort une autre cigarette de son sac, l'allume avec le mégot de la précédente, puis écrase celui-ci dans le cendrier. Hélène se risque à l'interroger.
— Vous allez rester ici, cette nuit ?
— Pourquoi, t'aimes pas ma compagnie ?
— C'est pas ça. Mais… il n'y a qu'un lit.
La femme éclate de rire, s'étouffe à nouveau.
— N'aie pas peur, ma cocotte, je suis pas gouine ! Elle me tue, celle-là. On s'est juste dit que t'aurais peut-être un coup de mou au moment de faire le grand saut.

Hélène se rebelle un peu, honteuse d'avoir été devinée.
— Je suis là, non ?
— C'est vrai. Je reconnais que tu t'es pas dégonflée. Mais la nuit, elle est pas finie. Bon, maintenant tu devrais dormir, pendant que je me fais un fixe. À moins que tu veuilles te joindre à moi.
La femme sort des objets de son sac, les étale sur la table basse en plexiglas fumé. Hélène ne distingue pas grand-chose.
— Rends-toi utile, apporte-moi un verre d'eau. Allez, grouille-toi !
Hélène se lève, remplit un verre au robinet, le pose sur la table, puis elle regarde fascinée la femme se plonger dans son rituel avec des gestes de prêtresse : briquet, cuillère et seringue.
— C'est ça, l'héroïne ?
— Eh oui, ma cocotte, c'en est, et de la bonne. Dis-donc, t'en sais des choses, toi. Ça te dit ?
— Non, je suis contre ces trucs.
— Tu me fais marrer. On parie combien que bientôt la shooteuse sera ta meilleure amie ? Tiens, éclaire un peu, j'arrive pas à trouver cette putain de veine.
La lumière des spots jaillit, crue. La femme a relevé ses lunettes sur son front, exposant son visage détruit. Hélène se mord les lèvres pour ne pas crier.
— Qu'est-ce qu'il y a ? Elle te plaît pas ma gueule ?
— C'est pas ça... C'est...
— Qu'est-ce que tu crois ? Avec Manu, c'est comme ça. Tu te tiens à carreau ou alors tu payes. Alors, tu te décides ? On le partage, ce fixe ?
Hélène est debout. Ses mains dans son dos rencontrent la poignée de la porte. Deux pas et elle est dans l'escalier, puis dans la rue déserte, courant droit devant elle, le cœur dans la gorge, les yeux brouillés de larmes.

Cinq minutes après, la femme s'assoit à la place du passager dans une petite 204 blanche garée dans une rue adjacente.
— Ç'a pas été facile. J'ai bien cru que j'allais devoir me caler pour de vrai. C'était quoi cette poudre ?
— D'après toi ?
— Putain ! Je l'ai balancée dans l'évier ! Enfin, où on va maintenant ?
— On passe au photomaton de la gare. Après, je t'amène là où je t'ai dit, au Pradet. À peu près à une heure d'ici. Les voisins ne sont pas là. Il y a à manger dans les placards. C'est calme et tu auras vue sur la mer. Tu te planques trois, quatre jours, et je reviens te chercher avec ton passeport et ton billet d'avion.
— Le passeport, vous l'aurez en trois jours ?
— Ça c'est pas dur. Je connais les gens qu'il faut.
— Et le fric que vous m'avez promis ?
— Je te l'ai promis. Quarante mille. Tout ce que j'ai. Une fois là-bas, au Brésil, tu auras le choix. Ils ont de très bons chirurgiens esthétiques, des vrais champions, mais ils ont aussi de la came de première qualité. Ce sera à toi de voir ce que tu veux faire.

Grand frais

Le ciel nocturne, lavé à neuf par le vent, fait tournoyer ses étoiles au-dessus de ma tête. Sous mes pieds la frêle plate-forme de fer vibre, vertigineuse et précaire. Arc-bouté contre les rafales, les mains crispées sur la rambarde, je sens confusément dériver la masse énorme de la maison, comme un navire à l'ancre tirant sur ses aussières. Ce nid de pie posé sur le toit, auquel on accède par un escalier mangé de rouille et tremblant dans ses rivets, est le seul endroit du château d'où la vue parvient jusqu'au village, par-dessus les ondulations du terrain, au-delà du canal. Au milieu de la nuit, tout est obscur de ce côté-là aussi : la muraille sombre de la montagne, les maisons qui s'en distinguent à peine, hors des cônes de lumière des lampadaires publics. Dans le quartier du château une fenêtre solitaire ne s'éteint jamais. C'est là que je me suis rendu chaque nuit, furtivement, suivant des chemins secrets à l'écart des lumières et des chiens aboyeurs. Désormais, avec le village entier sur le qui-vive, c'est devenu impossible. Quelle que soit l'heure de la nuit où j'arrivais, je trouvais la tante Judith assise, les yeux ouverts, dans le lit où ses voisins la portent le soir. Elle ne dort plus, ne connaît pas davantage l'état de veille tel que les autres le conçoivent. À ma troisième visite, alors que je désespérais de rétablir le contact, elle m'a soudain appelé par mon nom.

— Daniel, mon petitou. Tu viens plus guère me voir.

— J'étais loin, tante. Et ici, il y avait trop de morts. Ceux que j'aimais, pour qui je n'étais pas là quand ils ont eu besoin de moi.
— Ils sont avec le bon Dieu, maintenant. Bientôt, j'y serai aussi. Je leur portais des fleurs quand j'avais encore mes bonnes jambes. Je ne peux plus, je suis trop vieille.
— Vous avez beaucoup fait, tante.
— Mais le grand, tu sais, celui qui avait les beaux yeux, celui qui est tout seul. J'aurais aimé sauver au moins celui-là.
— C'est d'Antoine que vous parlez, tante ? Vous l'avez vu ?
— Ah, oui. Antoine. C'était son nom. C'est dans ce lit qu'il est mort. Je vais te raconter.

Journal d'Edmond Lieutaud

Dimanche 28 mai 1944. Dans deux heures, le soleil va se lever. Jeannot va passer pour réveiller les gars, tout le monde va tâcher de trouver une place le long des abreuvoirs pour se débarbouiller la figure et puis ce sera l'heure de s'aligner pour le rapport et les couleurs. Et c'est là, devant tous les gars, devant le capitaine, qu'Antoine va être porté déserteur, avec Rieu et Caillol. Il y a un quart d'heure que les deux types sont entrés dans la bergerie. Je les ai vus faire leur sac en silence et ressortir aussitôt. Bien sûr, je savais que leur affaire était pour ce soir et je ne dormais pas. Je les ai suivis dehors. Leur haleine puait la vinasse. Je leur ai demandé où était Antoine et ils m'ont repoussé sans me répondre. Je leur ai dit qu'il m'avait mis au courant pour leur expédition contre le collabo. Comme ils avaient peur que je finisse par réveiller quelqu'un, ils se sont arrêtés. Rieu m'a expliqué que le coup avait mal tourné. « Écoute, le vieux avait un pétard, il a voulu nous aligner, alors, on s'est pas laissé faire. Il y a eu du raisiné. Ton frangin, il a eu les foies et il s'est tiré sans nous attendre. Quand ça va venir aux oreilles du capitaine, ça va pas être bon pour son matricule non plus, tu comprends ? Alors un bon conseil, tu la fermes. Tu nous a pas vus. T'es au courant de rien. » Je sais qu'il a menti, en tout cas qu'il m'a caché quelque chose, mais quoi ? Antoine est-il vivant ou mort ?

Plus tard dans la journée. Évidemment l'absence des trois hommes n'est pas passée inaperçue. Pour le moment, personne ne parle de désertion, on dit encore « Quand ils vont rentrer, ils vont en prendre pour leur grade. » mais comme on connaît Rieu et Caillol, certains disent qu'on n'est pas près de les revoir. Simon et Daniel m'ont demandé si je savais quelque chose pour Antoine, je ne leur ai rien dit.
Vers midi. Un homme est monté au camp tout à l'heure. Il s'est enfermé pendant une demi-heure avec le capitaine. Il était en civil mais je crois que c'est un des gendarmes de Pallières, un qui est avec nous. Aussitôt après son départ, le capitaine m'a convoqué. Il m'a dit ce qui s'est passé en bas la nuit dernière. Je lui ai dit tout ce que je savais, pas moyen de faire autrement. Je lui ai dit surtout que ce n'était pas possible qu'Antoine ait participé à ça, mais il m'a fait taire. Je crois que s'il avait pu avoir sous la main les trois hommes il les aurait passés par les armes sans hésiter. Il m'a dit qu'il était personnellement responsable des actes de ceux qui étaient sous ses ordres et que la Résistance était assez forte pour les retrouver et les juger où qu'ils soient. Il m'a dit encore qu'en attendant je ne devais en parler à personne. Je crois que ce qu'il craint le plus au monde, c'est une tache sur son honneur. Je lui ai dit qu'Antoine était peut-être mort, qu'il ne serait pas parti sans me revoir. Il m'a répondu que les gendarmes n'avaient pas retrouvé son corps, mais que si c'était le cas, s'il était vraiment mort, ça valait mieux pour lui.

Giraud

Le vent n'a pas encore repris après sa pause de la nuit et bien qu'il ne soit que huit heures, la chaleur écrase déjà la ruelle abrupte. Au-delà du lavoir, elle se change en un escalier aux marches irrégulières qui coupe les jambes. Giraud s'arrête un peu essoufflé devant la porte qu'Aumand lui a indiquée. Il s'appuie au mur un instant. Derrière ses paupières fermées la fatigue et le manque de sommeil font voleter des papillons semblables à des flammes orangées. Il a dû attendre jusqu'à sept heures, avec Marie qui s'assoupissait sur son épaule, que l'appel d'Hélène vienne les délivrer.
D'abord un long silence.
— Hélène, c'est toi ?
Le silence encore. Un oui presque inaudible.
— Où es-tu ?
— Chez Isabelle, à Aix.
— Bon. C'est bien que tu aies appelé. Ta mère et moi, on t'attend. Rentre quand tu te sentiras prête. On te posera pas de questions.

La voisine qui prend soin de Judith n'est pas non plus de la première jeunesse. « Ça devient difficile, vous savez. On devrait pas devenir si vieux. Même elle, la tante, elle le dit. Quand quelqu'un lui fait : "Oh ! Cent ans, c'est beau !" Elle se met en colère. Elle dit : "Non, c'est horrible." C'est vrai que de son monde à elle, il ne reste plus rien, ni personne. Nous, qui avons l'âge d'être ses enfants, pour ainsi dire, on est devenus des vieux aussi. Il y en a même qui sont déjà morts et elle, elle dure, elle dure. On devrait pas voir ça, ses enfants qui meurent de vieillesse. Si encore elle voulait vivre chez nous tout à fait, nous, ça fait longtemps qu'on l'aurait prise. Pour ce qu'elle mange, pas plus qu'un oiseau. Mais c'est qu'elle est originale. Elle dit que si elle sort de chez elle ce sera pour aller au cimetière. Alors je vais chercher mon gendre ou une autre voisine quand il faut la porter en haut, parce que l'escalier, il est raide comme la justice, elle peut plus le monter. Vous pouvez y aller, c'est la porte à côté, elle est toujours ouverte. Elle vous parlera si elle est décidée. »

L'entrée de la maison de Judith, large et basse, ressemble à celle d'une grotte ou de la crèche de Noël. Giraud doit plier sa haute taille pour entrer. D'abord ses yeux éblouis ne distinguent rien, puis peu à peu, noir sur le noir, un tas de jupes et de châles sur un fauteuil de paille. Et au milieu, un regard que Giraud croit d'abord d'un bleu pâle mais ce n'est que le blanc laiteux de la cataracte. Il se présente, approche un tabouret de paille et s'assoit sans obtenir davantage qu'un sourire où tout le visage usé se plisse dans ses rides. La femme tend une main vers lui, pour l'accueillir ou pour le reconnaître. Il la prend dans la sienne. Elle est légère, presque immatérielle, déformée par les rhumatismes et les travaux mais douce et chaude maintenant que l'inactivité du grand âge en a fait fondre les cals. La voix aussi est légère, lointaine, comme en équilibre au bord d'un grand vide.

— J'entends plus guère, *sas ! Coume te dison ?*

— Je m'appelle Pierre Giraud. Je suis gendarme.

— Ah, tu es là, à la fin.

— Pourquoi vous dites à la fin, vous m'attendiez ?

Mais le regard de la vieille femme est reparti vers l'intérieur d'elle-même. Giraud attend, se rend compte qu'il a gardé dans la sienne la main parcheminée. Il lui semble qu'elle parle encore, mais que ses mots ne parviennent pas jusqu'à lui, soit qu'ils manquent de force, soit qu'ils ne lui soient pas destinés. Quand elle reprend la parole, d'une voix devenue presque forte, il sursaute.

— Qu'est-ce que tu veux ?

— Je voudrais que vous me disiez qui c'était, le jeune qui est mort là-haut, il y a trente ans.

La vieille ne donne aucun signe qu'elle a entendu la question. Puis soudain, tout bas, comme pour elle-même :

— Ce qu'il devait faire, il l'a fait. C'était justice. Les gendarmes, ils y peuvent rien.

Giraud attend une suite, mais rien ne vient. Se peut-il que la centenaire sache ce qui est arrivé cette nuit-là ? Ou ses paroles ne sont-elles que les divagations d'un esprit déjà à demi passé de l'autre côté ? Il se risque à interroger :

— Ce qu'il a fait. Vous voulez dire, tuer ces gens ?

— *Lou pos pas tua, aquéu qu'es deja mort.*

— Vous parlez bien du garçon, celui qui est mort chez vous en 44 ?

— Ah, lui, un jour, je lui ai mené le pasteur. Je lui ai dit : « Faites une prière. — Je veux bien tante, il me dit, mais ce sont des vieux morts. Ils sont en paradis. Et s'ils n'y sont pas, ce n'est pas moi qui vais les y mettre. — Dites toujours, ça ne leur fera pas mal. » Comme ça, il n'est pas resté comme un chien dans un fossé. J'ai aussi mis son nom, après, sur la pierre, mais ça n'a pas tenu.

Puis elle se met à rire, doucement, comme au souvenir d'une bonne farce. Il semble à Giraud que la tête lui tourne. Il se demande si la vieille femme n'est pas en train de se jouer de lui, de distiller ses oracles comme une sibylle pour l'égarer. Il se demande s'il ne voit pas une lueur d'ironie dans les yeux presque aveugles.

— J'en ai enterré beaucoup, tu sais, de ces hommes, des jeunes, des forts. Ils sont en poussière maintenant. *E iéu, siéu encar aqui.* Vieille comme les pierres.

Giraud tente encore quelques questions, mais Judith n'est plus là. Elle a fermé les yeux, s'est assoupie ou bien elle fait semblant. Giraud repose la vieille main sur ses genoux, se lève et sort un peu étourdi dans la rue où lumière et chaleur s'abattent sur lui.

De retour à la brigade, il tombe sur Mercier qui l'interroge.

— Ça va, Giraud ? Votre fille…

— Ça va. Elle est chez une amie à Aix. Rien de méchant.

— Bon, tant mieux. Mais vous devriez aller faire une pause, dormir un peu. Vous avez une tête de déterré.

Journal d'Edmond Lieutaud

Jeudi 1er juin 1944

La cabane du Roure, deux heures du matin. Étaient présents : Jean Lion, Charles Ambrosi, Simon Klein et moi, Edmond Lieutaud. C'est sans doute la dernière page que j'écris mais je veux continuer jusqu'au bout. Les miliciens sont arrivés il y a vingt minutes, avec des soldats allemands, je crois que c'étaient des S.S. Ils ont pris notre poste par surprise. C'était facile, ils étaient guidés par Jules Rieu. J'écris son nom en entier sur ce cahier pour le cas où quelqu'un le lirait un jour. Ce serait juste que ce salaud paye pour ça et pour le reste. Comme il connaît tous les emplacements des sentinelles, il a pu donner le mot de passe à Charlot qui a dû le laisser approcher. Charlot doit être mort maintenant. Ensuite ils sont entrés dans la cabane et nous ont mis leurs fusils sur le ventre. Ils nous ont désarmés sans rien dire. On voyait qu'ils essayaient de rester silencieux pour ne pas donner l'alerte aux autres, là-haut sur le chantier. Par la petite porte je voyais passer les Allemands en colonne. Alors Simon a bousculé tout le monde et s'est rué dehors en criant tant qu'il pouvait. Un des miliciens l'a suivi et l'a abattu d'une rafale. Je crois que c'est ce que Simon voulait, donner l'alerte pour empêcher que le camp soit cerné. Un moment après, on a entendu quelques tirs, je crois que c'étaient les copains qui essayaient de nous dégager et aussi de voir ce qu'il y avait comme forces en face. Mais ils ont dû comprendre que les Allemands et leurs copains étaient nombreux et bien armés et ils ont dû se replier par les sentiers. J'espère qu'ils vont s'en tirer et que le capitaine leur en fera baver.

Ils sont venus chercher Jeannot. Il ne reste plus que moi. Je vais essayer de cacher ce cahier sous mes habits. Maman, Lili, pardonnez-moi de vous avoir laissées. Je n'aurais jamais pu me regarder en face si j'avais laissé Antoine partir sans moi.

Giraud

La pause de Giraud n'aura duré qu'une demi-heure avant que l'interphone le fasse bondir. Accident au carrefour de la Baronne, R8 contre semi-remorque. Keller conduit vite, Giraud bâille.

— Du nouveau, chef, sur Fontfrède ?

— Oui et non. J'essaie d'en savoir plus sur ce massacre, en 44. Mais les gens n'ont pas envie d'en parler.

— Ça m'étonne pas trop. Mon père aussi était gendarme pendant la guerre. Il n'en parle pas beaucoup non plus. Les gazogènes et les topinambours, ça, le côté folklorique, tant qu'on veut, mais ce qui s'est vraiment passé... C'est quoi votre idée ?

— J'ai pas vraiment d'idée. Juste une impression. Le premier mort, Zé le reconnaît pour un maquisard, bien qu'Astier dise le contraire. Tine échappe à un massacre en 44, le même soir un jeune vient mourir chez la tante d'un résistant, c'est pas grand-chose, mais c'est un lien. Et si quelqu'un venait finir un travail commencé il y a trente ans ?

— Mais pourquoi il aurait attendu si longtemps ?

— Il peut avoir été en prison, ou à l'étranger. Peut-être que la mort du premier, le faux Lefebvre, a tout déclenché.

Keller ne dit plus rien. Il fait mine de s'absorber dans la conduite. Apparemment la théorie de Giraud ne le convainc pas.

L'accident est du genre spectaculaire. La petite Renault maquillée façon Gordini est complètement encastrée sous la remorque chargée de tubes d'acier. L'habitacle n'existe pour ainsi dire plus. Impossible de dire combien il y a de personnes là-dedans. Le chauffeur du poids-lourd est assis sur une borne, livide, un filet de sang coulant d'une éraflure sur son front. Giraud ne peut s'empêcher de se dire encore une fois qu'on va découper la tôle, mettre la chair morte à sa place, remettre les lieux en état, remplir quelques dizaines de pages et que c'en sera terminé de ces vies perdues, qu'elles mériteront à peine cinq lignes dans les pages locales.
En attendant, l'accident fait l'attraction et à ce carrefour fréquenté la situation devient difficile, entre les véhicules des pompiers, les automobilistes qui enragent de perdre une minute et les badauds qui ralentissent et tendent le cou pour voir du sang.
— Keller, demande du monde à la brigade, on ne va pas s'en sortir à deux.
— Pas la peine, chef, il n'y avait déjà plus personne quand on est partis.
— Alors demande aux collègues de Valbonne de venir nous donner un coup de main. Ils sont juste à côté.
Un quart d'heure plus tard, les gendarmes de la brigade voisine sont là. Ils étaient à deux pas, à la centrale électrique de Rigaud, en train de repêcher un noyé. En deux heures, comme prévu, toute trace de l'accident a disparu. Deux jeunes, garçon et fille, peut-être vingt ans, mais le manège tourne à nouveau.
De retour derrière sa machine à écrire, Giraud commence à taper son procès-verbal, puis soudain s'interrompt au milieu d'une phrase. Il décroche le téléphone.
— Salut, c'est Giraud, à Pallières. Oui, décidément. Juste un truc, votre noyé de ce matin, de quoi il avait l'air ?

— D'un noyé. Pas joli. Il avait déjà bien trempé. Pas jeune, entre cinquante et soixante-dix. Pas de papiers, rien.
— Vous l'avez trouvé où exactement ?
— Dans les grilles, juste avant la centrale. C'est là qu'ils atterrissent tous, enfin ceux qui se noient entre Ginoux et ici.
— Et vous êtes sûrs qu'il s'est noyé ?
— On n'a pas fait l'autopsie, mais ça y ressemblait.
— Et où il est maintenant ?
— À la morgue, à Avignon.
Après une demi-douzaine de correspondants plus ou moins compréhensifs, Giraud finit par tenir au bout du fil un employé de la morgue.
— Non, le médecin légiste n'est pas là. Pas avant demain matin. Ah non, pas question que je touche à un corps en son absence.
— Mais enfin, je ne vous demande pas de faire l'autopsie, même pas d'y toucher. Juste jeter un coup d'œil. C'est ça ou déranger votre patron chez lui.
Le type hésite encore un peu puis :
— Bon. C'est bien pour vous rendre service. Ne quittez pas.
Cinq minutes passent.
— Vous êtes toujours là ? Bon, moi, je vous ai rien dit, d'accord ? Votre bonhomme, je sais pas s'il s'est noyé, mais quelqu'un lui a fait une sérieuse boutonnière avant. Oui, au niveau du cœur, un coup de couteau, une lame large, je dirais un poignard. Et c'est sûrement pas tout.
— Quoi d'autre ?
— Je crois bien qu'on lui a aussi écrasé les doigts.
Giraud raccroche sans même remercier le type. Il frappe brièvement à la porte de l'adjudant Mercier.
— Mon adjudant, il faut que je remonte à Fontfrède.
Mercier sursaute.

— Encore un mort ?
Giraud hésite.
— Non, juste un truc à vérifier. J'emmène Keller.
— Bon, allez-y.
Keller est en train de taper lui aussi. Comme il est le seul de la brigade à avoir appris à le faire avec ses dix doigts, il sert souvent de secrétaire à Mercier.
— Keller, laisse tomber ça. On va à Fontfrède.
— Tout de suite ?
— Oui. Mais d'abord, passe prendre deux lampes torches, et va voir chez Faucher s'il n'aurait pas une masse.

Tempête

Le vent aujourd'hui parle en maître. Un maître aveugle et violent dont la colère se nourrit d'elle-même. Les arbres du parc se plient à sa volonté. Ils se tordent comme des herbes dans le lit d'un torrent. Ceux qui ne le peuvent pas se brisent avec des claquements semblables à des coups de fusil. La maison résiste comme elle peut. Elle vibre sous la main rude, secouée jusque dans ses fondations. Il la traverse par chacune de ses lézardes, glisse ses doigts dans la moindre fissure. Il en joue comme d'un orgue. Depuis dix minutes, des coups sourds se sont ajoutés au concert. Dans la grande carcasse vide, ils résonnent et se multiplient. L'homme de guerre que j'ai vu, le gendarme, vient sans doute pour m'arrêter. Il ignore que personne ne le peut plus. Le capitaine m'avait promis d'être présent, à la fin, mais je crains qu'il n'arrive trop tard. Il reste peu de temps avant que ces hommes ne viennent me demander des comptes que je ne suis pas disposé à leur rendre. Le capitaine ne trouvera que des ruines et je ne pourrai pas lui transmettre le cahier que Judith m'a confié. La douleur vient par vagues, elle aussi, brutale comme la tempête, et je n'ai pas d'autre choix que de me tordre sous ses coups en attendant l'accalmie. Depuis hier j'ai renoncé aux drogues car je dois garder assez de lucidité pour écrire. Je le ferai sur les dernières pages du cahier d'Edmond.

Giraud

Le trou est maintenant suffisant pour laisser le passage à un homme. Giraud laisse tomber la masse, essuie la sueur qui lui coule dans les yeux malgré le vent violent qui a fait chuter la température de dix degrés depuis la veille. Il sort son arme de service de son étui, fait monter une balle dans le canon. Keller fait de même. Il n'y a plus de doute depuis qu'ils l'ont vérifié en soulevant le tas de branches de cade roussies : l'arbre mort n'est pas tombé tout seul en travers de la piste.

— Chef, vous croyez qu'ils nous attendent là-dedans, avec le bruit qu'on a fait ?

— À mon avis il n'y a qu'un type. Même s'il n'est plus ici, il y est sûrement venu, et plus d'une fois. Parce que c'est d'ici que tout est parti. Il doit avoir un moyen d'entrer et de sortir quand il veut, une espèce de passage secret.

Giraud se faufile dans le trou. À l'intérieur, ce qui fut sans doute un vestibule majestueux. Un escalier monumental privé de rampe et complètement dépavé mène aux étages, d'où descend une vague lueur. À droite et à gauche, en enfilade, d'immenses salons vides au sol jonché de débris. Près des fenêtres mal obstruées, de longues ronces à l'aspect malsain ont réussi à pousser, étirant leurs tiges chlorotiques vers le peu de jour qui filtre entre les parpaings. Les hurlements du vent achèvent s'il en était besoin de rendre l'endroit sinistre. La lumière disparaît brièvement pendant que Keller franchit à son tour le passage. Celui-ci siffle doucement.

— Ça doit être un vrai labyrinthe, chef. On devrait peut-être appeler la brigade ?

— Tu l'as dit tout à l'heure, Keller. Il n'y a guère de chances pour que le gars nous ait attendus. Mais il a bien dû laisser une petite trace, même s'il est très malin. Alors, on reste ensemble et on garde l'œil ouvert.

Malgré les puissantes lampes qu'ils ont apportées, leur exploration du rez-de-chaussée ne donne rien. Les pièces se succèdent, parcourues par les courants d'air, uniformément vides et lugubres. Si l'inconnu a marché sur le sol couvert de poussière, il a soigneusement effacé ses traces. À l'extrémité du bâtiment, cependant, ils trouvent derrière une porte des gravats qui semblent avoir été poussés quand celle-ci a été ouverte. La porte donne sur l'extérieur, plus exactement sur un enchevêtrement de ronces qui laisse à peine filtrer un peu de jour. Giraud s'accroupit.

— Regarde ici. On a taillé ça au sécateur. Quelqu'un a rampé là-dessous.

Avec la certitude que quelqu'un s'est introduit dans la maison, les nerfs des deux hommes se tendent et c'est avec encore plus de précautions qu'ils s'aventurent dans l'escalier. Au premier, sur le palier, une porte à deux vantaux, à peu près intacte, la seule qu'ils aient encore rencontrée. Sur les panneaux de bois peint, sous les graffiti, on distingue encore des angelots qui jouent de la viole ou de la harpe. La poignée est absente. Giraud pousse le battant du pied, entre dans la pièce en braquant son arme.

La lumière du jour qui entre à flots l'éblouit un instant. La pièce a dû pour une raison obscure être épargnée par le pillage, car le sol de tomettes rouges est intact et vierge de la moindre poussière. Au milieu, incongru, un fauteuil de peluche verte tout dépenaillé sur lequel un homme est assis, le dos rigide. Il regarde sans dire un mot les gendarmes pointer leurs armes sur lui. Sa tenue est celle d'un soldat en campagne, treillis camouflé et rangers mais il semble que les vêtements qu'il porte appartiennent à un autre, tant il flotte à l'intérieur. En voyant son visage, Giraud comprend que le corps a fondu, dévoré par la maladie. Le visage est jaunâtre, émacié, la peau tendue sur les os comme celle d'un tambour. Tout ce qui reste de vie à l'homme est contenu dans son regard brillant de fièvre. Quand il prend la parole, les mots parviennent à peine à passer entre ses dents serrées.

— Messieurs, vous arrivez un peu tard. Quelqu'un d'autre est venu me réclamer avant vous, quelqu'un dont la préséance n'est pas à mettre en doute.

Giraud remarque qu'une des mains de l'homme est enfoncée dans une sorte de sac de toile qu'il porte sur ses genoux.

— Sortez vos mains de là.

L'homme obéit, avec un vague sourire, montre ses deux mains ouvertes, les pose sur les accoudoirs du fauteuil où elles s'enfoncent comme des serres. Tout son corps tremble, de fièvre ou de douleur, mais même ainsi, affaibli, il répand autour de lui une impression de danger. Giraud fait un signe à Keller, qui s'empare du sac. Il étale sur le sol les objets qu'il contient : quelques livres, une gourde en aluminium, des fioles de médicaments, un appareil qui ressemble à un poste de radio. Giraud jette un coup d'œil aux livres, sans même y penser. Saint-Simon, *Mémoires*.

— Vous êtes bien Daniel Goirand ? interroge Giraud.

— C'est mon nom, en effet. J'en ai eu d'autres, mais celui-ci était le premier.

— Vous avez tué cette femme, Augustine Bouchard, et l'homme que nous avons trouvé dans le canal.

— C'est exact. L'homme s'appelait Jules Rieu. J'ai manqué le premier, Louis Caillol, d'un mois. Après trente ans, ce n'était pas de chance. J'espère avoir au moins troublé son repos.
— Pourquoi ?
L'homme paraît surpris par la question. Il la répète comme pour lui-même.
— Pourquoi ? Si vous êtes arrivé jusqu'ici, vous devez bien savoir pourquoi.
Puis il ouvre la fermeture Éclair d'une poche sur sa poitrine. Ce simple geste lui arrache un gémissement. Les gendarmes braquent leurs armes. Il les regarde et hoche la tête. L'objet qu'il tend à Giraud ressemble à un grand médaillon ovale, presque un reliquaire. Dans un cadre ouvragé, sans doute en or, derrière une vitre épaisse, une simple photographie, en noir et blanc, un peu jaunie, un peu écornée. Elle a dû être longtemps manipulée avant de trouver place dans cet écrin. On y voit une jeune fille debout, en robe claire et chapeau de paille, tenant le guidon d'une bicyclette. Une jeune fille d'autrefois, du temps où à quinze ans on pouvait encore être enfant.
— J'avais assez de raisons pour les tuer dix fois. Mais il me suffisait de celle-ci. N'était-ce pas assez ?
Giraud ne répond pas, mais il pense que pour lui, c'était bien assez, que ça le serait encore même si sa réponse dit le contraire.
— Ce n'est pas moi mais vos juges qu'il faudra convaincre. Il va falloir venir avec nous. Vous savez que nous emploierons la force si c'est nécessaire. Si vous ne pouvez pas marcher, on fera venir une ambulance.
— Vous n'en aurez pas le temps. Dans quelques minutes, je vais mourir. Si vous restez, vous mourrez avec moi. Mon capitaine, expliquez-leur.

Giraud et Keller se retournent comme un seul homme. Astier, qu'ils n'ont pas entendu venir, se tient à la porte.
— Messieurs, j'ai deux mots à dire à cet homme. Voulez-vous nous laisser un instant ? Je peux vous garantir qu'il n'a pas l'intention de fuir.
À la grande surprise de Keller, Giraud acquiesce et se dirige vers la porte, lui faisant signe de le suivre. Les deux hommes se tiennent immobiles sur le palier. Keller semble désorienté.
— Chef, j'aimerais bien comprendre ce qui se passe.
— Un peu de patience, Keller. Je crois que nous allons bientôt avoir toutes les réponses.
À l'intérieur de la pièce, on entend Astier parler à voix basse, longuement. Puis c'est le silence. Astier reparaît enfin. Son visage est grave, fermé. Il fait signe aux deux gendarmes d'entrer. L'homme est affalé dans son fauteuil, le visage en arrière. Une manche de sa veste est remontée jusqu'au coude. Son bras est décharné, mais on sent encore la puissance qu'il a contenue. Giraud s'approche avec prudence, pose ses doigts sur le cou de l'homme.
— Il est mort.
— Oui. Je lui ai fait une piqûre de morphine. Une dose très forte. Son cœur n'a pas tenu.
— Cet homme appartenait à la justice.
— Peut-être. Mais en temps de guerre, la justice prend parfois des formes expéditives. Pour lui le temps de guerre n'avait pas pris fin. Jusqu'à aujourd'hui. Vous pouvez emporter son cadavre ou le laisser ici. Vous avez aussi le droit de m'arrêter. Je dois tout de même vous informer que la maison est bourrée d'explosifs et qu'elle va sauter d'une minute à l'autre.
Giraud hésite, regarde le visage du mort. La souffrance a disparu, il a l'air de dormir. Il interroge Keller du regard. Celui-ci hausse les épaules, faisant signe qu'il renonce à comprendre.

— Allons-y.
Aussitôt sorti de la maison, Giraud se dirige vers la sortie du parc, mais Astier le rappelle.
— Pas par là. Suivez-moi.
Un sentier tortueux, presque invisible, les conduit sur la rive du canal à travers les broussailles et les ronces. Précédés par Astier qui a pris maintenant le pas de course malgré sa corpulence, ils parviennent à la conduite d'eau qui franchit le canal quand une série d'explosions sourdes se fait entendre. La toiture du château semble se soulever et retomber comme le couvercle d'une marmite, des plâtras et de la poussière sont projetés vers l'extérieur avec les débris des fenêtres. Le bâtiment, lui, ne vacille pas, mais la végétation sèche qui l'enveloppe s'embrase aussitôt. Sous les rafales violentes, le feu gagne en quelques secondes les premiers arbres du parc.
— Ne restons pas là. Le vent peut tourner. Venez.
Astier s'approche de la conduite d'eau, ouvre une porte basse et étroite ménagée dans la grille. Sur le tuyau, une sorte d'échelle est soudée, qui permet d'y marcher comme sur une mince passerelle. Keller s'y engage derrière le maire, les deux hommes à demi courbés pour éviter d'être précipités dans l'eau par les rafales. Puis c'est au tour de Giraud, qui referme la porte derrière lui et récupère la clé.
Sur l'autre rive, dissimulées dans un bouquet de peupliers, la DS d'Astier et une fourgonnette Peugeot blanche. Les hommes s'arrêtent, contemplent un instant les flammes et la fumée grasse, épaisse, qui montent du parc, fouaillées par le vent violent. Soudain, une langue de feu transperce la toiture.
— Si le mistral tient comme ça, ça ne devrait pas traverser. La vigie du Mourre Negre a déjà dû donner l'alerte. De l'autre côté du parc, de toute façon, il n'y a plus grand-chose à brûler. Mais vous deviez avoir une voiture.

— Une jeep. On l'a laissée sur la piste, à un kilomètre à l'est du château.
— On devrait pouvoir la récupérer. Allons-y. Ça vous laissera le temps de lire ceci.
Astier tend à Giraud un cahier d'écolier à la couverture rouge décolorée et tachée de traînées sombres. On y lit, calligraphié au crayon et presque effacé : « Edmond Lieutaud – Journal du maquis ».

Journal d'Edmond Lieutaud
Addition de Daniel Goirand

Cette nuit-là aussi la tempête faisait rage. Le vent du nord, d'habitude froid et sec, se charge parfois de nuages et de pluie. On lui donne alors le nom de mistral noir. La lune était dans son premier quartier et se montrait de temps en temps quand les courants d'altitude ouvraient des déchirures dans la couverture nuageuse. Vers onze heures, Rieu, Caillol et Antoine Lieutaud se présentèrent à la porte de l'écurie du Tonkin. Augustine Bouchard les y attendait. Elle sortit de l'ombre pour les rejoindre, sous les rafales mouillées de pluie. Sa robe collait à son corps, révélant ses formes pleines. Elle fit un mouvement pour se pendre au cou de Rieu, mais celui-ci la repoussa sans douceur.
— Tu as la clé ? demanda-t-il.
La femme sortit un trousseau de sa poche et le lui tendit.
— Ils dorment ?
— Non. Tu sais, les vieux, ça dort pas beaucoup. Tu vois la lumière au premier ? C'est le salon de musique, comme ils disent. C'est là qu'ils se tiennent le soir, pour écouter la radio.
— La fille ?
— Retournée à sa pension avec le car.
— Bon, on y va. Toi, Tine, tu rentres chez toi.
— Ah non ! pas question. J'ai trop envie de voir la gueule qu'ils vont faire.

Rieu hésita un instant puis haussa les épaules. Le groupe monta l'escalier du perron. Rieu fit jouer la serrure et ouvrit la porte. À sa suite, les autres s'engouffrèrent à l'intérieur. L'escalier d'honneur était sombre, mais même invisibles ses vastes dimensions que l'écho laissait deviner impressionnèrent les intrus. Ils escaladèrent les marches en silence, leurs pas étouffés par le tapis. Un rai de lumière brillait sous la porte du salon de musique. Rieu poussa la porte brusquement et entra en tête, suivi des trois autres. La pièce était chaude, doucement éclairée par deux lampes à pétrole. Mme Jausseran se leva vivement de son fauteuil, laissant tomber son ouvrage de broderie, mais elle ne poussa aucun cri. Son mari ferma le livre qu'il était en train de lire sans négliger d'en marquer la page, puis il dévisagea un à un les arrivants sans autre réaction qu'un peu plus de couleur sur son visage buriné de cavalier.
— Qui êtes-vous ? Que voulez-vous ?
— Résistance française ! Armée Secrète ! aboya Rieu. Nous avons l'ordre de perquisitionner cette maison.
L'homme posa son livre sur un guéridon, sortit de sa poche un vaste mouchoir à carreaux et se mit à astiquer son lorgnon.
— Je vois. Et peut-on savoir qui vous a donné cet ordre ?
Rieu s'abstint de répondre, s'avança dans la pièce et se mit à circuler entre les fauteuils, affectant d'ignorer ses occupants, ouvrant les tiroirs et en répandant négligemment le contenu sur le sol. De son côté, Caillol, qui avait ouvert un cabinet à liqueurs en marqueterie, se mit à en renifler les flacons puis, ayant empli un des verres délicats, il le vida d'un trait avant de le lancer contre le mur. Antoine se tenait près de la porte, observant la scène. Je l'imagine pâle et silencieux, commençant à prendre conscience que l'expédition héroïque à laquelle il croyait participer allait tourner au cauchemar. En s'aidant de sa béquille, Jausseran réussit à se mettre debout.

— Arrêtez cette comédie. Je sais que le maquis des Meynier est commandé par un officier qui se fait appeler Tancrède. Il n'emploierait jamais des canailles de votre espèce. Je crois que vous êtes des voleurs tout à fait ordinaires. Il n'y a rien ici qui puisse vous intéresser. Je vous conseille de repartir immédiatement.
— On va repartir, l'ancien. Quand on aura fait ce qu'on a à faire. Tine, ma belle, dis-moi où est le coffiot.
— Là, derrière ce tableau, répondit la femme qui s'était laissé tomber dans un fauteuil avec un soupir d'aise affecté.
Mme Jausseran, toujours debout, se tourna vers elle et la toisa avec mépris.
— Putain ! lâcha-t-elle entre ses dents.
Tine se leva en furie, se précipita sur sa patronne, prête à l'empoigner mais Caillol s'interposa, renvoyant Tine dans son coin.
— On n'a pas le temps de s'amuser.
Pendant ce temps, Rieu décrochait du mur le portrait d'une marquise à perruque, jetait le tableau au sol. Le coffre apparut, d'un modèle ancien, mais d'apparence indestructible. Caillol sortit de sa poche un revolver, le braqua sur la tête de Mme Jausseran. Mais c'est Rieu qui reprit la parole.
— Maintenant, l'ancien, tu nous dis comment on ouvre ce truc ou tu dis adieu à ta bonne femme.
Jausseran hésita, les mâchoires serrées, son regard allant de l'un à l'autre des présents, cherchant en vain une issue.
— Léon, ne dites rien. Ces bandits nous tueront de toute façon. Cette garce ne se serait pas montrée s'ils en avaient décidé autrement.
— Elle a du cran, la vieille, fit Caillol. Mais combien de temps ça va durer ?

Puis, sans autre avertissement, il s'inclina légèrement, appuya l'arme contre le genou de la femme et tira. Mme Jausseran tomba, comme fauchée, lâchant un cri qui semblait plus de surprise que de douleur auquel fit écho aussitôt le cri poussé par Antoine. Celui-ci voulut se précipiter pour porter secours à la femme qui sanglotait, recroquevillée sur le tapis.
— Merde, Louis ! Qu'est-ce que t'as fait ? On devait pas…
Caillol l'empoigna par le col de sa veste et le renvoya sans ménagement dans son coin, puis lui mettant son arme sous le nez :
— Tu as voulu venir avec les hommes, alors tiens-toi comme un homme, sinon, y en aura une pour toi, compris ?
Jausseran, appuyé sur ses deux béquilles, tenta de s'approcher, mais Rieu le retint d'une seule main et le renvoya sans effort dans son fauteuil. L'ancien officier contempla un instant sa femme, les poings serrés, puis il baissa la tête.
— 1515, souffla-t-il.
— Marignan ! À la bonne heure.
Rieu manipula les boutons du coffre en habitué. Un déclic se fit entendre, mais la porte ne bougea pas.
— Tu nous fais pas de blagues, hein, l'ancien ? Tu sais que c'est pas le moment !
— Non, c'est bien la combinaison. Mais le mécanisme est usé, il faut en avoir l'habitude.
— Eh ben, tu vas l'ouvrir toi-même. Et souviens-toi. Pas d'entourloupe.
Jausseran se releva avec effort, remit en place les boutons. Le coffre s'ouvrit. Il y plongea la main vivement et la ressortit armée d'un revolver d'ordonnance qu'il tenta de braquer sur Rieu. Celui-ci qui s'attendait à quelque chose de semblable ne se laissa pas surprendre. Il se jeta sur Jausseran pour s'emparer de l'arme. Une courte lutte s'ensuivit, inégale,

entre les deux hommes. Le coup partit et Jausseran s'écroula sans un cri, une balle dans la poitrine. Rieu se pencha sur lui et l'acheva d'une deuxième balle tirée à bout portant en pleine tête. La pièce était pleine de la fumée âcre des armes à feu et des cris de Mme Jausseran.

— Finis la vieille, qu'on ait la paix.

Caillol se préparait à obéir quand Tine s'interposa.

— Attends, Louis, laisse-moi le faire.

L'homme haussa les épaules et lui donna l'arme.

— Si ça t'amuse. Tu sais comment on fait ?

Sans répondre, Tine s'approcha de la femme qui trouva la force de la regarder encore une fois en face et d'articuler encore une fois : « putain ! ». Tine tira, la première balle fracassa la mâchoire de Mme Jausseran mais n'éteignit pas son regard.

— Tu vas crever, dis, vieux chameau ? Tu vas crever ?

À la troisième balle seulement, la vieille femme cessa de lutter. Caillol enleva l'arme des mains de Tine. Antoine, prostré dans son coin, la tête dans ses mains, ne faisait plus un geste.

Les deux hommes se ruèrent sur le coffre ouvert, en sortirent le contenu qu'ils étalèrent sur la table avec des exclamations de joie, comme des enfants autour du sapin : lingots, bijoux de famille démodés et un large portefeuille de cuir contenant divers papiers, testaments, actes de propriété, sans doute aussi des actions. Aussitôt Rieu entreprit de faire trois parts du butin. Antoine vit qu'on l'avait oublié. Il se dit qu'il pourrait profiter de ce moment pour prendre la fuite. Peut-être pensa-t-il qu'il était encore temps de rejoindre le maquis, de dire à tout le monde qu'il n'était pour rien dans cette boucherie. Il se leva, franchit la porte. Sur le palier mal éclairé, il s'arrêta, interdit. Une silhouette frêle se tenait devant lui, tremblante dans sa chemise de nuit blanche de pensionnaire, c'était Liesel, qui pour une broutille, un contretemps sans importance, avait manqué son car.

Antoine tenta aussitôt de lui saisir la main, de l'entraîner avec lui.

— Mademoiselle, chuchota-t-il, il faut partir, vite !

Mais Liesel retira sa main, épouvantée, tenta de battre en retraite vers le second étage. Il était de toute façon trop tard. Caillol s'encadrait dans l'ouverture de la porte, son revolver à la main. Antoine songea une seconde à profiter de l'obscurité de l'escalier, fit les premiers pas pour fuir, mais la pensée de la jeune fille l'arrêta. Il se jeta sur Caillol dans l'espoir de le désarmer. Celui-ci l'abattit des deux balles qui restaient dans le barillet, puis son chien claqua à vide. Antoine touché au ventre tomba. Caillol se pencha sur lui.

— Deux pruneaux dans le bide. Mon vieux, tu as ton compte. Je t'avais dit de pas faire le couillon.

Jamais au long de cette nuit, Antoine ne perdit totalement conscience. Sans pouvoir faire un mouvement, il entendit les échos de l'ignoble fête qui se livra jusqu'aux approches de l'aube. Il vit les deux hommes ramener la jeune fille qu'ils avaient coursée en riant dans les étages, il vit Tine faire des allers-retours vers la cave pour en ramener les vieux bourgognes de Jausseran. Il entendit les cris de Liesel et ses prières et les rires grossiers qui lui répondaient. Enfin il trouva la force de ramper jusqu'à la porte. La fraîcheur et la pluie qui tombait toujours le ranimèrent assez pour lui permettre de gagner le village. Il s'écroula dans les bras de Judith, la seule personne à qui il pouvait demander de l'aide. Celle-ci le soigna comme elle put, recueillit les bribes de son histoire qu'il réussit à articuler. Au matin il était mort.

Giraud

Le premier Canadair largue sa charge d'eau sur le feu quand la Mercedes parvient après bien des difficultés à l'endroit où la jeep est garée. Les trois hommes en descendent. Giraud a passé le cahier à Keller. Astier reste silencieux, le temps que le jeune gendarme ait fini sa lecture.

— Dans la fourgonnette blanche, au bord du canal, vous trouverez des outils de maçon, un sac de ciment, et surtout un passeport sud-africain au nom de Peter Jordaan. Avec ça vos supérieurs et la presse pourront fabriquer une vérité facile à comprendre pour tout le monde. Il n'y a aucune raison que le nom de Daniel Goirand soit cité.

— Vous aviez reconnu Caillol, là-haut, au Pas de l'Âne ?

— Non. Il avait beaucoup changé, peut-être volontairement. Il portait une moustache à l'époque, une incisive en or dont il était fier, une bonne figure d'apache, comme on disait encore. J'aurais pu le croiser après son retour, c'était un notable, et il vivait pas très loin d'ici. Je suppose qu'il a fait en sorte de m'éviter. C'est quand Tine a été retrouvée morte que j'ai commencé à faire le lien. Mais je n'ai pas compris tout de suite ce qui se passait, pas avant que Daniel se présente devant moi. Je croyais encore que Tine avait échappé au massacre, qu'elle était du côté des victimes.

— Rieu était mort quand Daniel est venu vous voir ?

— Non, mais il devait être mal en point. Daniel l'avait fait parler. Il a employé la manière forte. Il est arrivé chez moi une nuit, il m'a semblé voir un revenant. Tenue de combat, salut militaire. La maladie avait presque fini de le dévorer mais il y avait encore de la force en lui. Il avait des doutes, il venait chercher des ordres. « Mon capitaine, je tiens le type qui nous a vendus à la Milice et aux Allemands. » Pour moi trente ans étaient passés là-dessus, pour lui c'était la veille. Quand j'ai compris qu'il avait pris refuge au Tonkin, je suis allé le trouver. Je me suis tenu devant la façade et je l'ai appelé. Il est sorti par le tunnel de ronces. Il m'a raconté ce qu'il savait, ce que sa tante lui avait appris sur les dernières heures d'Antoine Lieutaud. Peu de choses jusqu'à ce qu'il enlève Rieu et l'oblige à parler. J'ai essayé de le convaincre de me le livrer. Mais il était déjà mort. J'ai seulement réussi à le dissuader d'exposer son cadavre sur la place du village, au pied de la plaque des fusillés. Je suppose qu'il est resté sous les ruines.

— Il l'a balancé dans le canal. On l'a retrouvé à la centrale de Rigaud. C'est ce qui nous a menés jusqu'à lui.

Un autre Canadair les survole, la note grave de ses moteurs jouant avec le vent la musique familière de l'incendie. Astier s'interrompt le temps qu'il s'éloigne, lâche sa gerbe d'eau et repart vers l'étang de Berre pour faire le plein.

— Quatre de mes hommes ont laissé leur vie dans l'assaut contre le Jas des Meynier. Rieu s'était bêtement laissé prendre par la police, à Marseille, avec sa part du butin sur lui. Il nous a vendus contre la promesse de l'immunité. Ces quatre-là n'étaient guère plus que des gosses. L'un d'eux a donné volontairement sa vie pour faire perdre à l'ennemi l'effet de surprise. C'est grâce à lui que nous avons pu décrocher sans autre perte. Je l'ignorais jusqu'à ce que Daniel m'apporte le cahier. Sa tante l'avait trouvé sur le corps d'Edmond. Toutes ces années, elle l'avait gardé sans le lire. Elle n'a jamais appris.

Daniel avait été le dernier à décrocher. Il voulait à tout prix redescendre, porter secours à ses copains. Il a mis longtemps à admettre que le repli était la seule option.

— Vous étiez en contact avec lui, pendant toutes ces années ?

— Dans les derniers mois de la guerre, il s'est engagé avec moi et quelques autres de notre groupe dans la DFL, avec de Lattre. Nous nous sommes battus en Alsace, et puis dans les Alpes. Quand la guerre a été terminée, qu'il n'a plus trouvé d'ennemis devant lui, il est allé chercher ailleurs l'occasion de se faire tuer. On recrutait des mercenaires en Afrique et ailleurs, c'est une profession qui ne connaît guère le chômage. Il savait faire la guerre et il n'avait rien à perdre. De temps en temps, je recevais une lettre de lui, toujours venues d'endroits où la violence régnait, des lettres un peu étranges, comme s'il s'imaginait qu'ici le temps n'avait pas passé, comme si nous étions toujours en 1944. Jamais d'adresse pour la réponse. Je crois qu'il vivait hors de ce monde, comme un ermite dans le désert, au milieu de la guerre et des destructions, avec ce culte qu'il s'était inventé.

Le vent fait une courte pause, puis repart de plus belle en changeant de direction. Les hommes se retrouvent toussant dans une nappe de fumée douçâtre. Keller intervient.

— Chef, le vent a l'air de tourner. Il vaudrait mieux partir. En plus les pompiers risquent d'utiliser cette piste.

— Oui, allons-y. On a des P.-V. à taper.

Giraud

Le ciel est gris et cotonneux, posé comme un couvercle sur les crêtes du Luberon, un ciel de 11 novembre. Un petit vent d'est disperse les feuilles de platane que le cantonnier avait patiemment rassemblées en tas. Il apporte des odeurs de pluie, de feux d'herbes dans les jardins. Il donne un peu de vie aux étendards des anciens combattants, met un frisson dans les gerbes rigides de chrysanthèmes et de glaïeuls. Les enfants de l'école sont venus, pas tous les vingt-quatre mais presque. La maîtresse a dû leur faire une sacrée leçon pour les convaincre de venir gâcher une heure de cette aubaine, un mardi férié, devant le monument aux morts. Les plus jeunes sous leurs bonnets tricotés ont les joues rougies par l'air vif et le nez qui coule. M. Fabre, toujours prêt à donner un coup de main, garde un œil sur les plus grands. Il y a eu un discours du sous-préfet, heureusement bref, car il doit encore se montrer à Pallières. Astier lui aussi a parlé, rassemblant dans le même hommage les morts des deux guerres, pour l'inauguration de la nouvelle plaque à la mémoire des morts du maquis. Plus d'un mois que la précédente avait disparu, volée nuitamment par un malveillant ou un collectionneur d'un genre inédit. Personne ou presque n'aurait été capable de réciter la liste de noms qu'elle portait et personne non plus ne remarque que sur la nouvelle le marbrier en a gravé un de plus, doré à l'or sur la pierre noire, celui d'Antoine Lieutaud,

juste au-dessus de celui de son frère Edmond, ordre alphabétique oblige.
Gambette est là aussi, au garde-à-vous, cravaté, boutonné comme jamais, arborant fièrement sur sa poitrine, pour ne pas être en reste, une étoile à cinq branches en métal doré marquée du mot « Shérif ». Quelques-uns des vieux soldats couverts de médailles lui jettent de temps en temps un regard suspicieux, se demandant s'il n'essaie pas de se foutre d'eux mais son sérieux imperturbable finit par les désarmer.
La cérémonie achevée, Zé s'approche de Giraud, accompagné par Roman et Pompon.
— Alors, chef, elle est finie cette histoire ?
— Il paraît.
— Un Sud-Africain, qu'ils disaient, dans le journal. Mais dites, ils sont pas noirs, là-bas ? Sur la photo du journal, on n'y voyait rien.
— Il y en a des blancs.
Zé hoche la tête, comme un à qui on ne la fait pas.
— Et il est venu de si loin pour couper le cou à Tine ?
— Et alors, intervient Roman, son collègue, celui qu'il a fini par zigouiller aussi, c'était bien un Marseillais, non ? Ceux-là, on les connaît. Pires que les sauterelles.
— Et l'autre mort, le déterré ? Tu en fais quoi ? Il est venu tout seul, chez Bressier ?
— Pour celui-là, à mon avis, on saura jamais.
— Et ben, moi, j'ai remarqué quelque chose. L'Africain, là, celui qui a brûlé dans le château, vous avez vu comment il s'appelle ? Jordaan, comme le type qui est venu de Hollande, l'an passé, pour chercher ses ancêtres dans les registres de la mairie. Il disait que c'étaient les Jourdan d'ici qui étaient partis là-bas pour échapper aux galères. Qu'est-ce que vous en dites ?

— Moi, j'en dis que tu es fada. Mais c'est presque onze heures, moi, je vais chez Aumand.

— Tu as des sous ?

— Ma foi. Assez pour payer la mienne. Vous venez, chef, ou vous êtes en service ?

— Je suis pas en service, j'ai mis la tenue juste pour la cérémonie. De repos aujourd'hui et demain. Je vais faire du bateau avec ma femme et mon fils. Peut-être ma fille aussi, si elle peut lâcher ses bouquins. Giraud serre la main des trois hommes, se dirige vers la place où il a garé sa Peugeot. Il pense encore à Hélène, à la vérité qu'il a dû lui dire sur sa rencontre un peu arrangée avec Betty. Hélène a réfléchi longtemps.

— Je n'aurais pas dû fuir. Pas sans essayer de l'aider.

— Tu l'as aidée. Tu sais, ta mère et moi, on avait économisé un peu d'argent pour toi. Pour le permis de conduire et t'acheter une petite voiture. On lui a tout donné.

Il dépasse, marchant aux côtés du maire, une petite femme dont les cheveux tournent au gris et dont les rares villageois présents se sont demandés qui elle était. Giraud, à qui Astier l'a présentée avant la cérémonie, le sait. C'est Éliane Marchetti, née Lieutaud, la Lili du cahier rouge, qui comme chaque année a fait le voyage depuis Nice, laissant mari et enfants. Le cahier rouge, elle le porte dans son sac. Elle en a lu les premières lignes, mais l'a refermé aussitôt. Il lui faudra du temps et du monde autour. Les yeux affûtés des commères de Fontfrède la verront, après sa visite annuelle au cimetière, grimper l'escalier raide du château pour rendre une longue visite à la centenaire du village. Ensuite elle fera dans la belle voiture du maire un petit kilomètre en direction de Saint-Just. Là, près du carrefour que la route fait avec la piste du Jas des Meynier, il y a une haie de cyprès un peu déplumés, et dans la haie un portillon de fer forgé mangé par la rouille. Si on n'y fait pas attention on peut passer cent fois devant sans rien voir. Derrière la haie, dans un carré d'herbes et de ronces où personne ne met plus les pieds, trois ou quatre stèles de guingois, les tombes de quelques huguenots oubliés. Au pied de l'une d'elles Lili posera un bouquet de fleurs jaunes, les premières depuis longtemps.